光文社文庫

不《ふ》老《ろう》虫《ちゆう》

石《いし》持《もち》浅《あさ》海《み》

光　文　社

目次

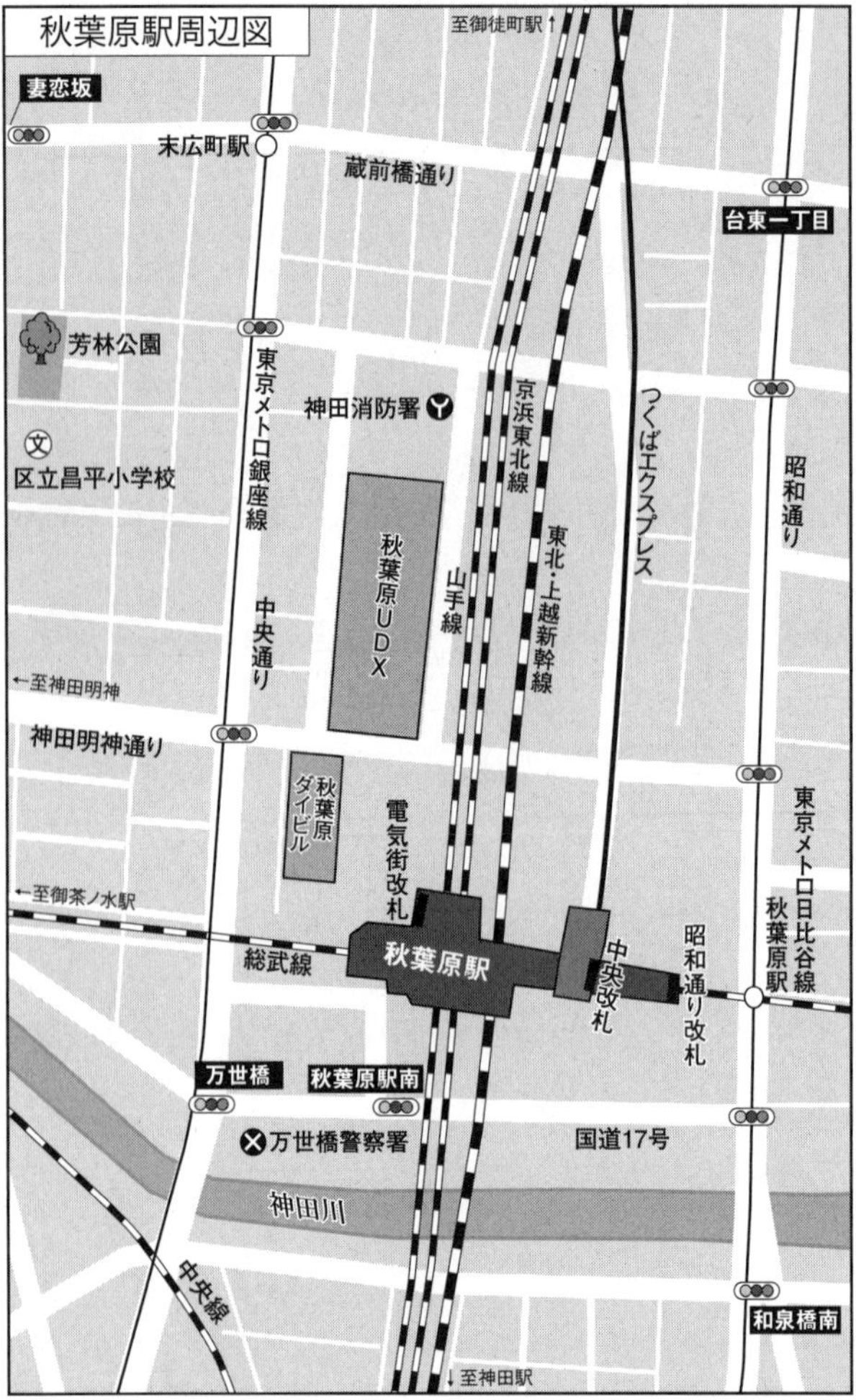
秋葉原駅周辺図
至御徒町駅↑
妻恋坂
末広町駅
蔵前橋通り
台東一丁目
芳林公園
東京メトロ銀座線
神田消防署
区立昌平小学校
京浜東北線
つくばエクスプレス
昭和通り
秋葉原UDX
山手線
東北・上越新幹線
中央通り
←至神田明神
神田明神通り
秋葉原ダイビル
電気街改札
東京メトロ日比谷線
秋葉原駅
←至御茶ノ水駅
総武線
秋葉原駅
中央改札
昭和通り改札
万世橋
秋葉原駅南
万世橋警察署
国道17号
神田川
中央線
和泉橋南
↓至神田駅

不《ふ》老《ろう》虫《ちゅう》

序章

二人の男が、農道を歩いていた。

一人は髭《ひげ》を生やしており、もう一人の唇には傷痕があった。髭のある男が年長で、唇に傷痕のある男はやや若い。二人とも、膨らんだ布袋を肩に担いでいる。

米からトウモロコシに転作して、もう五年になる。こんな山奥の村にも近代化の波は押し寄せてきていて、昔ながらの自給自足の生活は成り立たなくなっている。現金が必要だ。

「ベトナムでは、家畜の飼料用に大量のトウモロコシを輸入してるんですよ」

自分たちにトウモロコシ栽培を勧めた男は、世界の真理が手元にあるといった顔で、そう言った。「政府も、内作に力を入れています。いい値段で売れますよ」

男の助言どおり、自分たちはトウモロコシを栽培している。しかしそれは建前だ。本当は、トウモロコシ畑の内側でケシを栽培している。稲と違ってトウモロコシは背が高いから、隠しやすいのだ。そして稲やトウモロコシなどとは、比較にならないほどの収入になる。

おかげで生活は楽になった。自分たちが子供の頃にはテレビすらなかったのに、今や携帯電話が当たり前になってきた。

それでも、と髭の男は思う。

村の様子は何も変わっていない。テレビで観るアメリカは、道が舗装されていて、家ではレバーひとつで蛇口から湯が出てくる。自分たちは違う。昔ながらの古びた家屋が並び、雨季にはぬかるむ農道があるだけだ。それらはまったく変わっていないのに、テレビだの携帯電話だのが入ってくる。

それがいいことなのかどうかは、わからない。わかっているのは、ごく自然にそうなっていったということだ。いずれは周囲の森も切り開かれて、アメリカのような家々が立ち並ぶのかもしれない。しかしそんな風景を思い浮かべるには、現状との落差が激しすぎる。断片的に近代文明が入ってきただけで、自分たちは昔と何ら変わりない生活を送っているのだから。生活習慣も、風習も。

「あれ?」

突然、傷痕の男が立ち止まった。自然に髭の男も立ち止まる。

「あれって、デンじゃないか?」

傷痕の男が指さす。農道に、黒い犬が道をふさぐように立っていた。指摘されるまでもない。うちの飼い犬だ。二週間前、雷の音に驚いて森の奥に逃げてしまったデンだ。

「おい」

デンに声をかけようとした髭の男の動きが止まった。

デンの腹が膨らんでいる。それは不思議でも何でもない。デンは腹に子を宿していたからだ。

問題は、尻にあった。犬ならば当然持っている尻尾《しっぽ》。その下から何かが生えているのだ。細い、何かが。

全身が総毛《そうけ》立《だ》った。

「おい」髭の男が、傷痕の男に声をかけた。硬い声だ。「長《おさ》を呼んでこい」

緊張の理由は、傷痕の男にも理解できたようだ。カクカクとうなずくと、農道を駆けた。デンの傍《そば》を通り抜けるときは、大きく迂回《うかい》した。

デンは動かない。飼い主の自分がここにいるというのに、近寄っても来ない。何かを探すように、鼻をクンクンといわせていた。

まもなく、唇に傷痕のある男が、白髪の老人を連れて戻ってきた。この村の長だ。長はデンを見ると「ぬうっ」と唸《うな》った。

「この辺には、もういなくなったと思っていたが……」

呟《つぶや》くように言った。そして村の男二人に視線をやった。

「ワシは、あいつを連れてくる。お前たちは、デンが逃げ出さないよう見張っていろ」

そう言い残すと、長は老人らしからぬ歩調で集落に戻った。

残された二人は、挟み撃ちするようにデンの前後に立ちはだかった。もし森に消えようとするならば、全力で止めなければならない。

しかしその心配はないようだ。デンの動きが、妙に鈍いのだ。ただ、放心したように何かを探している。

長が戻ってきた。一人ではない。少女を連れていた。

色白の少女だった。

黒い髪はボサボサだけれど、肌の色は白い。ベトナムでも中国国境に近いエリアでは、東アジア人のような外見の人間がたくさんいる。自分たちの村が、ちょうどその辺りだ。

こいつは、いくつになったんだっけ。

髭の男は記憶を辿《たど》った。七歳か、八歳だろうか。確かに、そのくらいの年恰好《かっこう》だ。自分の娘とも、そう違わない。

違うのは、その目だった。

何の表情も浮かんでいない、洞穴のような瞳。

こんな幼い少女が、なぜそんな目をするに至ったのか。理由はよくわかっている。そしてそう仕向けたのが、自分たち村人だということも。でも仕方がない。そういう習わしなのだから。

「火を、取ってこい」

長が傷痕の男に命令した。男が慌てて集落に走っていく。

長は、手にナイフを握っていた。ナイフを少女に渡す。少女の背中を押した。少女はすたすたとデンの方に向かって歩いていく。その動きによって、空気がふわりと動いた。

そのとき、髭の男に不思議な香りが届いた。強い香りではない。しかし脳細胞のひとつひとつに浸透していくような、意識を天に持っていかれそうになる香りだ。

少女が黒い犬の傍に移動した。デンは逃げなかった。むしろ、逆だ。スンスンと鼻を鳴らして、自分から近寄った。舌を出して、少女の手を舐《な》めた。ナイフを握っていない、左手を。はじめて見る人間なのに、デンはまったく警戒していない。デンの中に潜むものが、そうさせるのだろうか。

少女が、無造作に右手を動かした。ナイフを、デンの喉に突き立てたのだ。びくりとデンの身体《からだ》が震える。しかし動きはそこまでだった。致命傷だったらしく、デンの身体は横倒しになった。はずみでナイフがずれ、デンの首から棒のような血液が飛び出した。少女の顔にかかり、真っ赤に染まった。しかし少女は、一片の動揺も見せない。デンが倒れる。

少女は、デンの傍《かたわ》らに片膝を突いた。ナイフを地面に置いて、右手をデンの股間に持っていく。尻尾の下、陰部に。

少女が尻尾を持ち上げてどけたから、髭の男からもその様子を見ることができた。デンの陰部から、紐《ひも》のようなものが出ていた。長さも太さも、少女の人差し指ほどだろうか。紐が、左右に打ち振られている。死んでしまったデンの、尻尾の代わりをするように。

少女が、紐を素手でつかんだ。ゆっくりと、しかし無造作に引っ張る。ずるり、とそれが出てきた。

灰色がかった、薄い黄土色。

ぬめぬめとした光沢。

それが完全にデンの身体から出てきた。長い。少女の片腕くらいの長さは、優にある。蛭《ひる》のような生き物だ。先端にあるのは口のはずだが、見えない。何かの肉塊に吸い付いているからだ。

それは、少女の右手に巻き付いた。しかし何をするわけでもない。ただ、巻き付いて安心したように動きを止めていた。

傷痕の男が戻ってきた。両手で木製の器を抱えている。中には火のついた薪《まき》が何本も入っていた。かまどから取ってきたようだ。

「取り出せ」

長が少女に言った。少女は左手でそれをつかんだ。口の辺り。それは抵抗しない。引っ張ると、それは少女の右手から外れた。地面に押しつけ、口と反対側——尻尾と呼んでいいのだろうか——を足で踏みつけた。それの身体がまっすぐに伸びる。右手でナイフを拾い、それの身体を縦方向に裂いた。ナイフの先端で傷口を探る。えぐるような動きでナイフを傷口から出した。ナイフの先端に小さな塊《かたまり》が載っていた。

「おお……」

長が、感嘆の声を上げる。「よこせ」

少女がナイフを振って、塊を長の方に投げる。長が、空中で塊をキャッチした。

少女が、それをつまみ上げる。身体を裂かれたというのに、それはさほどこたえた風でもなく、身体をくねらせている。しかし自らの身体を裂いた少女を攻撃する素振りはなかった。

傷痕の男が、火の入った器を地面に置いた。少女が、器の前に立つ。炎が燃えさかる器に、それを入れた。

それは炎の中で激しく身をよじらせたが、すぐに燃えてしまった。少女は、その様子をじっと眺めていた。

髭の男は、少女の目に表情が浮かんだのを見た。それが何を意味するのか、男にはわからない。ただ、穢《けが》らわしい生き物に対する嫌悪でないことは間違いなかった。

「行くぞ」

長が少女に声をかけた。その口調には、賞賛もねぎらいもない。少女が表情を消して器の傍を離れる。疲れた顔をしていた。長について、集落の方に足を踏み出そうとした。その動きを止める。顔を上げた。視線の先には、木が生えている。横に広がった枝には、青紫色の花が咲いていた。少女は少しの間、花を見ていた。しかし、ほんの少しの間のことだった。少女は、すぐに長の後を追った。

「デンも焼いておけ。いいか、埋めるなよ。完全に燃やすんだ」

長は二人の男に命じて、少女を連れて戻っていった。

手の中に、塊を握ったまま。

第一章　木曜日

数字は、嫌いではない。

膨大なデータを受け取って、統計学的に処理する。そして意味のある——役に立つデータとして甦《よみがえ》らせるのだ。

今、取り組んでいるのも、その類《たぐい》の仕事だ。全国の牛豚飼養農場から集めた、ウィルス侵入防止措置の実施状況を処理しているのだ。日本の畜産業は相当に進んでいるけれど、鳥インフルエンザや口蹄疫《こうていえき》のウィルス対策は喫緊《きっきん》の課題だ。自分が処理したデータを基に、正しい政策が練られる。それは日本の食卓を安全なものにすると同時に、畜産業者の生活を護るものになる。傍《はた》から見ると、何が面白いんだろうと思うだろうけれど、これほどやりがいのある仕事もない。

「ふうっ」

データを保存して、椅子の背もたれに身体を預けた。眼鏡《めがね》を外して、目の周りをマッサージする。

「パソコンばかり見てると、老眼になるのが早いぞ」

眼科医をやっている友人に、そう忠告された。しかし仕方がないではないか。これが仕事なのだから。

パソコンの右下に表示されている時刻を確認する。午後三時十五分。休憩するにはちょうどいい時刻だ。立ち上がって伸びをする。腰を回してストレッチ。コーヒーを淹《い》れに行こう。そう思って机を離れたところで、声がかかった。

「おうい、酒井《さかい》」

声の主は見なくてもわかる。上司の江本《えもと》班長だ。酒井恭平《きょうへい》はすぐに返事をした。「なんでしょう」

四十代半ばにしてすっかり頭の薄くなった江本は、ドアのところから酒井を手招きした。

「ちょっと、来てくれ」

もちろん拒否する気はない。酒井は江本を追って廊下に出た。江本は空いている会議室に酒井を入れた。ドアを閉める。酒井を座らせ、自分は真正面でなく九十度の場所に座った。相談事などの時には、真正面に座るより、相手が話しやすいという利点がある。一方、話しにくい案件の場合、自分が相手の顔を見ずに済むという利点もある。今日は、どちらの意図なのだろう。

「仕事だ」

今までやっていたのも仕事だと思いながら、表情には出さず、質問する。「どんな仕事ですか？」

「防疫だ」

変なことを言った。農林水産省消費・安全局動物衛生課家畜防疫対策室調査分析班。この長ったらしい漢字の羅列が、自分の所属だ。部署名に防疫と付いているではないか。

江本は自分に向かってするように小さくうなずいてから、上目遣いに酒井を見た。

「サトゥルヌス・リーチを知ってるか？」

「サトゥルヌス・リーチ」復唱して、記憶を辿る。しかし脳内のデータベースからは、検索に引っかからなかった。「残念ながら」

「そうか」

江本はまたうなずく。今度は、重々しく。

「寄生虫だ。といっても、俺もどんなやつなのか、知らない」

「班長が知らないってことは、よっぽどマイナーなやつなんですね」

江本が薄く笑って、片手を振った。「俺だって、何でも知ってるわけじゃない」

すぐに表情を戻す。

「情報が入った。サトゥルヌス・リーチが日本に入ってくるかもしれない」

反射的に、身体に緊張が走る。外来の寄生虫が日本国内に入ってくる。自分たち防疫に携わっている者にとっては、最も避けなければならない事態だ。

しかし、同時に奇妙な感覚にも囚《とら》われていた。

入ってくるかもしれない？

どういうことだろう。病気とは、発症してはじめて、その存在がわかるものだ。いつも突然だからこそ、大騒ぎになる。「入ってきた」ということはあっても、「入ってくるかもしれない」とは言わない。しかし江本は、はっきりとそう言ったのだ。

酒井の不審を、江本はあらかじめ予想していたようだ。

「お前が想像しているとおりだ。入ってくるかもしれない。つまり、サトゥルヌス・リーチに寄生された哺乳類が、日本に向かっているかもしれない、ということだ」

ますます気に入らない。酒井は口に出してみた。

「それは、輸入される動物が、サトゥルヌス・リーチとやらに感染している可能性があるということですか？」

生きた動物が輸入されること自体は、それほど珍しいことではない。もし日本にいない寄生虫に感染している可能性があるのなら、可能性のある動物すべてを上陸させなければいいだけのことだ。水際で止めるとは、そういうことだ。

顔に出ていたのだろう。すでに自分で考えていたことなのだろう。江本がまだ毛髪の残っている後頭部を掻《か》いた。

「俺も詳しく聞かされてないいんだ。俺が上から言われたのは、防疫の知識があって、英語ができる奴をよこしてくれ、ということだけだ。お前、帰国子女だろう」

「ええ、まあ」

酒井は六歳から十五歳まで、父親の仕事の都合で、カリフォルニアに住んでいた。帰国してからは、帰国子女を中心に徹底的に英語を鍛え上げる高校に進学した。大学在学中も、ニューヨークに留学している。そのおかげで、英語には不自由しない。

江本はため息をついた。

「よくわからんが、アメリカにサトゥルヌス・リーチの専門家がいるそうだ。今回の事態を受けて、上はその人を呼ぶことにした。明日成田に到着するそうだから、迎えに行ってくれ」

「ご指示とあればやりますが」ほんの少し考えてから、酒井は答えた。「察するに、迎えに行って、ここまで連れてくれれば終わりってわけじゃなさそうですね」

「さすが、勘がいいな」

江本は笑った。「専門家は、日本に来るのがはじめてらしい。日本語はまったくできない。案内役兼通訳が必要なんだ。今やっている仕事は他の奴に引き継がせるから、専門家が日本で仕事をしている間、ずっとついていてくれ」

江本は手帳から紙片を抜き取った。酒井に手渡す。

「それが、専門家の名前と、明日の便名だ」

「はあ」

我ながら頼りない返事だった。もちろん、自分が何をしなければならないのかは、よくわかっている。しかしこれほど情報のない指示も珍しい。

江本は酒井の様子に頓着せずに、言葉を続けた。

「それから、ひとつ言っておく。この仕事は、他言無用だ。班のメンバーにもだ。お前は単独で行動して、俺にだけ報告義務を負う。じゃあ、頼んだぞ」

返事を聞かずに、江本は会議室を出た。酒井はすぐには立たなかった。

サトゥルヌス・リーチだって？

リーチというくらいだから、蛭の仲間、環形《かんけい》動物だろう。吸血のために哺乳類につくことは、十分考えられる。日本の畜産業にとって、いい知らせであるはずもない。

とはいえ、とも思う。本当に危機が迫っている深刻な事態なら、自分一人を担当になどしない。その筋の専門家がチームを組んで、最優先で処理すべき案件だ。そうでない以上、上は情報を本気にしていないのではないか。一応対策を打ったというアリバイ作り程度の仕事なのだろう。

少し気が楽になった。今やっている仕事を引き継ぐにしろ、今日のうちにできるだけ進めておきたい。サトゥルヌス・リーチとやらは、後で調べてみよう。

酒井はコーヒーを淹れるために立ち上がった。

サトゥルヌスという名前に、ほんのわずかな不安を感じながら。

＊

午後八時。城東《じょうとう》製薬東京研究所。

研究所は長時間労働が当たり前だが、今日は人の気配がなかった。

過労が原因で研究員が交通事故を起こして以来、労務管理がうるさくなったそうだ。今日も居残って仕事をしたい研究員たちを無理やり帰宅させたから、現在、この建物にいるのは五人だけだ。

五人のうち、三人は白衣を着ている。二人が男性で、一人が女性だ。男性の一人は、五十代の髪と皮膚をしていた。もう一人は三十代半ばといったところだろう。中肉中背という表現がぴったりくる。唯一の女性は、二十代半ばくらいだろうか。黒縁眼鏡の奥に、冷ややかな光が宿っていた。三人とも、この研究所の研究員だ。

残る二人は共に男性。二人ともスーツ姿だ。一人は三十代半ばで、白衣姿の若い方と同年代に見える。かつてラグビーでもやっていたかのような筋肉が、スーツの上からでも見て取れる。そして残る一人が自分――葉山哲久《はやまてつひさ》だ。

「前川《まえかわ》さん」

五十代の白衣姿が、ごつい身体の男に話しかけた。「首尾はどうでしたか？」

前川――葉山の上司が答える。

「現地のスタッフから連絡がありました。宿主を、飛行機に乗せるそうです」

白衣を着た年長の男が喉の奥で唸った。「そうですか」

安心したような、新たな緊張を自覚したような、不思議な響きだった。

「到着は、羽田ですか？　成田ですか？」

若い白衣姿が尋ねた。

今度は葉山が答える。

「成田です。午前七時二十五分着」

前川が後を引き取る。「ピックアップは外注に頼みました」

「外注？」五十代が眉《まゆ》を上げる。「こんな重要なサンプルのピックアップを、外の人間にやらせるんですか？」

「まさか、小宮山《こみやま》所長や中里《なかざと》主任にやっていただくわけにはいかないでしょう」

明らかに冗談口だったけれど、誰も笑わなかった。年長の白衣姿――小宮山に至っては、仏頂面《ぶっちょうづら》を隠しもしない。

無理もない。城東製薬は、現在難しい立場に立たされている。研究データの捏造《ねつぞう》が、内部告発によって明らかになったのだ。

捏造した研究員は懲戒解雇。当時の研究所長は更迭《こうてつ》された。後を引き継いだ小宮山は、研究体制の立て直しと、世間の非難を覆《くつがえ》す研究成果が求められているのだ。冗談を笑う余裕など、あるはずがない。

「うちの人間を使うわけにもいきません」

前川は口調を戻した。「この件に、御社と弊社が関わっていることを、世間に知られるわけにはいきません。空港は、あらゆるところに防犯カメラがある場所です。宿主をピックアップする姿を撮られて、映っているのが御社や弊社の社員であることがわかったら、後々問題になります。外注に出すのがいちばんいいんです」

小宮山が口を開きかけた。それを制して前川が続ける。

「もちろん、任せっぱなしではありません。空港を出たら、すぐにこの葉山に交代します。ですから、安心してください」

葉山はうなずいた。

「くれぐれも、慎重にお願いしますよ」

小宮山がため息交じりに言った。「前川さんがおっしゃるように、この件に我が社が関わっていることを、世間に知られるわけにはいきませんから」

実感のこもった科白《せりふ》だ。と同時に、こんな危ない橋を渡りたくないという本心も透けて見える。しかし彼に選択肢はない。一発逆転のチャンスが目の前に転がっているのに、みすみす見逃すことなど、あり得ないからだ。逆にいえば、危ない橋を渡らざるを得ないほど、会社が追い込まれている証拠でもある。

中肉中背の白衣姿――中里が話を逸《そ》らすように葉山に話しかけた。

「朝早く、成田なんでしょう？　こんな時間までここにいて、大丈夫なんですか？」

気遣う口調だ。葉山は笑みを作った。

「大丈夫です。今から車を飛ばして、空港近くのホテルに入ります。全然、余裕です」

そうですか、と中里がうなずく。今度は前川に顔を向けた。

「葉山さんはともかく、外注さんは宿主の大切さを知らないんでしょう？　乱暴な扱いとかは――」

「それも大丈夫です」前川が掌を下に向けて上下させた。安心させる仕草だ。「報酬を上乗せして、上役の娘を出迎えるように扱え、と言ってあります」

今度は中里も笑顔を見せた。しかしすぐに表情を戻す。

「宿主から『虫』を取り出す作業は、ここでやるわけにはいきません」

研究所全体に意識を向けるように、周囲を見回す。「場所は、確保できているんでしたっけ？」

すでに知っていて、確認するための質問だ。

「ご心配なく」前川はにっこりと笑った。「秋葉原にある病院を、ひとつ確保しています。訳ありの患者を診てくれるような医院ですから、それなりの報酬を出せば、表に出せない処置もやってくれます」

「本当に」小宮山が感心したように言った。「前川さんには、妙な知り合いがおられる」

「それが仕事ですから」前川は悪びれずに答える。「いつでも作業に入れるように、宿主は秋葉原界隈に滞在させせます」

「そういえば、この前もそうおっしゃっていましたね」小宮山が思い出したようにうなずいた。「そうしていただければ、助かります。病院に連れて行く途中で何かあったら大変ですから。近い方がいい」

葉山は半ば呆《あき》れたように、小宮山の発言を聞いていた。言っていることはいちいちもっともだけれど、この人、少し腰が引けすぎていないか。仮にも、研究所長だろう。

前川が腰を浮かせた。つられるように、葉山も席を立った。

「では、宿主を確保できたら、あらためて連絡します」

葉山はポケットから入館許可用紙を取り出した。訪問者の箇所に「株式会社磯子《いそご》商事営業部第十三営業課　前川康男《やすお》　葉山哲久」と書いて、中里に差し出す。中里が面会者欄に署名した。出入口の守衛所に提出すれば、自分たちは怪しい侵入者ではなく、きちんと業務として招かれた客であることが保証される。

「では、失礼します」

前川と葉山は、研究者たちに一礼して、部屋を出た。

第二章　金曜日

午後三時三十分。酒井恭平は成田空港第一ターミナルにいた。

ボール紙とコピー用紙で作ったボードを、左手に持っている。江本班長に指示された、専門家を出迎えるためだ。

『十月十七日　十五時二十五分着　ＡＮＡ〇〇七便　スタンフォード大学　ジャカランダ・マクアダムス』

江本から渡された紙片には、それだけが書かれていた。電話で聞いた内容をそのままメモしたような筆跡。名前がカタカナで書かれているから、実際そうなのだろう。

まいったな。これでは、相手の性別がわからない。

ジャカランダという名前の由来は、ジャカランダ・ツリーという木だろうか。青紫色の綺麗な花をつける。そう考えると女性のようにも思えるけれど、外国人の名前は油断できない。

「寄生虫の専門家というくらいだから、博士号を持っているに違いない」

そう考えて、ミスターでもミズでもなく、ドクターとボードに書くことにした。『Dr. McAdams』という具合だ。これならば、性別がわからなくても問題ない。姓のつづりは、これで間違いないと思う。

先ほど電光掲示板に、ANA〇〇七便は定刻どおり到着したという表示があった。といっても、飛行機を降りて、すぐに出られるわけではない。入国には入国審査、手荷物の受け取り、税関検査といった段取りが必要になる。到着ロビーに出てくるまでには、もう少し待たなければならない。

仮にも日本政府が専門家を招聘《しょうへい》したのだから、ファーストクラスでないにしても、せめてビジネスクラスに乗せたと想像できる。だとすると、他の乗客よりも、少し早めに出てくるかもしれない。

いったい、どんな人物なのだろうか。

もうすぐ会えるのだから、想像することに何の意味もないのだけれど、つい考えてしまう。

名前から来る「女性ではないか」という印象を信じるならば、江本班長すら知らない寄生虫に詳しい、マニアックな女性研究者ということになる。姓に「マク」とついているから、アイルランド系かもしれない。白髪に高い鼻、しわの刻まれた顔に度の強い眼鏡をかけている、気難しそうな白人女性。そんな外見が頭に浮かんだ。

日本に滞在中、ずっと相手をするのはしんどそうだな。

まだ会ってもいないのに、酒井はそんな失礼な先入観を抱いていた。

到着ロビーには、ＡＮＡ〇〇七便の乗客だけが出てくるわけではない。だから誰かが出てくる度に、ボードを掲げて見せて、こちらを発見してもらわなければならない。また人が出てきた。大型のスーツケースをふたつ押している、身なりの良い白人男女が先頭だ。話し声を聞くかぎり、米国英語だ。とすると、ＡＮＡ〇〇七便の乗客だろうか。ＡＮＡ〇〇七便は、サンフランシスコ発の便なのだ。スーツケースに目を凝らすと、ビジネスクラス以上の手荷物の証《あかし》「プライオリティ」のタグが見える。よし、マクアダムス博士もそろそろ出てくるかもしれない。酒井はボードを頭の上に掲げて、出てくる人たちの列に注意を払った。

ぱらぱらと出てくる列の中に、美女を見つけた。

色白の肌。切れ長の目。高くはないけれどスッキリと通った鼻筋。薄い唇。艶のある黒髪は、首筋を隠さないほど短く整えられている。

日本人か？　いや、そうではなさそうだ。それでも東アジア系であることは間違いない。

若い。二十歳《はたち》前後に見える。デニムの上下にグレーのTシャツ、スニーカーというラフな恰好。スーツケースの上に、ペット用のケージを載せている。失礼ながら、とてもビジネスクラスを利用する人間には見えない。ということは、他の便のエコノミークラスを利用した乗客だろう。

酒井は頭を振った。

いかん。美女に見とれて、肝心のマクアダムス博士を見逃してしまったら大変だ。酒井は東洋の美女から視線を引き剝《は》がそうとした。

そのとき、美女の視線が動いた。目が合う。

しまった。じろじろ見ていたのが、ばれてしまったか。

後悔する前に、美女がこちらに近づいてきた。正面に立つ。ふわりと官能的な香りが漂ってきた。美女がつけている香水だろうか。美女はまず酒井が掲げた看板を、続いて酒井本人を見た。

「ミスター・サカイ?」

いきなり名前を呼ばれた。反射的に英語で「イエス」と答える。

美女はこちらの目をまっすぐに見て言った。「マクアダムスです」

ネイティブというには少し訛《なま》りがあったが、綺麗な英語だった。右手を差し出してくる。

こちらも右手を出して、握手した。小柄な身体に似つかわしい、小さな手。手は、すぐに離れた。

ええっ？

混乱が酒井を襲っていた。いったい、何が起こっているんだ？

目の前の美女は、マクアダムスと名乗った。しかも酒井という名前を口にしたということは、招聘した連中が、迎えの名前を江本から聞いて伝えたのだろう。筋は通っている。

しかし現れたのは、うら若い女性だ。大学の先生というより学生にしか見えない。

「え、えっと」いかん。態勢を立て直さなければ。「マクアダムス博士。ようこそ日本へ」

すると美女は瞬《まばた》きした。「博士じゃありません」

いきなりの否定。今度はこちらが瞬きした。「えっ？　スタンフォード大学の……」

「はい。スタンフォードの学生です。博士号なんて、まだまだ」

「そ、それは失礼しました」

日本人らしく、素直に謝る。「お車を用意しています。こちらへどうぞ」

スーツケースを受け取る。続いてケージも受け取ろうと手を差し出すと、マクアダムス嬢が断ってきた。

「この子は、わたしじゃないと暴れますので」

ケージに手を当てる。格子の隙間から中を覗《のぞ》くと、灰色の毛が見えた。ネコ科の動物だ。こちらの気配に気づくと、威嚇《いかく》するように「シャーッ」と鋭く鳴いた。

この人は、仕事をするのにペットを連れてきたのか？

驚くと同時に、疑問が湧いた。生きた動物を国内に持ち込むのは、結構面倒だ。かなり前から準備しなければならない。到着してからだって、様々な手続が必要なのだ。それなのに、こんなにあっさり到着ロビーに出てきた。どうして？

防疫に携わる者として看過できない疑問ではあったが、こちらは招聘した側だ。問い詰めることもできない。機械的に「それでは」と言って、駐車場に案内した。

「こちらです。ボロい車で申し訳ありませんが」

ダークグリーンのＳＵＶ——スポーツ・ユーティリティ・ビークル。キャンプ道具を積み込んでアウトドアに出て行くには最適だけれど、外国の賓客《ひんきゃく》を乗せるのにふさわしいとはいえない。

実は、自家用車だ。本省の公用車が予約で埋まっていて、確保できなかったのだ。レンタカーを借りるとなると、お役所ならではの面倒くさい手続が必要になる。本省のＥＴＣカードは貸してもらえたから、運転し慣れている自分の車を使うことにしたわけだ。

寄生虫の専門家というくらいだから、フィールドワークには慣れているはずだ。だったらSUVに乗せても怒りだしたりはしないだろう。そう期待しての選択だった。

マクアダムス嬢は、使い込まれたSUVを見ても、不満そうな顔を見せなかった。少し安心する。後部座席のドアを開けた。「どうぞ」

「ありがとうございます」

しなやかな動作で乗り込む。ケージも一緒だ。

続けてバックドアを開けて、スーツケースを積み込む。酒井自身も運転席に乗り込んだ。

「シートベルトを締めてください。日本の規則なので」

バックミラーでシートベルトの着用を確認してから、車を発進させた。

慎重に運転しながら、酒井は懸命に状況を整理していた。

予定どおり、ジャカランダ・マクアダムスには会えた。しかし現れたのは二十歳ばかりの若い女性で、確かにスタンフォード大学に在籍しているけれど、教授でも准教授でもなく学生だという。博士号も持っていない。この人物が、サトゥルヌス・リーチの専門家だというのか。

「えっと、ミズ・ジャカランダ・マクアダムス」

後部座席の女性に話しかけた。「はい」と返事が返ってくる。

「どうも、うちの者が急なお願いをしてしまったようで。お越しいただき、感謝しています」

「……いえ」

一瞬の間《ま》。ひょっとしたら、気の向かない仕事だったのかもしれない。これは注意して応対しなければ。

「お疲れのところ大変申し訳ありませんが、ひとまず東京の本省にお連れします。そこで一度打ち合わせさせていただき、その後ホテルにご案内します」

指示を受けたのは昨日の午後だし、指示した江本も詳しい話を聞いていないようだった。自分も本省で、今回の件についてレクチャーを受けなければならない。

サトゥルヌス・リーチについては、昨晩調査した。データベースで文献検索し、本省の資料室でもできるかぎり探索した。しかし得られた情報は、呆れるくらい貧相なものだった。そもそも論文自体が、ほとんど出ていない。

蛭と同じ、環形動物であること。

中国、ベトナム、ラオスの国境近くが生息域であること。

哺乳類に寄生すること。

信頼のおける情報源から得られるのは、そんなところだ。気になるのは、「サトゥルヌス・リーチ」と「マクアダムス」のふたつのキーワードで検索しても、何も出てこなかったことだ。マクアダムス嬢は、サトゥルヌス・リーチの専門家ということだった。それなのに、論文の一本も書いていないというのか。

酒井は信頼のおけない情報源からも検索した。信頼がおけないから、その内容を真に受けるわけにはいかない。しかし丁寧に情報を追っていけば、真相の奥深くまで入り込めることがある。

サトゥルヌス・リーチについては、残念ながら極めていい加減な情報しか手に入らなかった。都市伝説どころか、ほぼ怪談のレベルだ。それらをいちいち読んでいたら、来日する専門家の話を素直に聞けなくなる。だから早々に検索をやめた。ただし、ひとつの記事だけは印象に残った。

サトゥルヌス・リーチは、現地での呼び名を英訳すると「Ｅｔｅｒｎａｌ　Ｙｏｕｔｈ　Ｗｏｒｍ」というらしい。

Ｅｔｅｒｎａｌ　Ｙｏｕｔｈ　Ｗｏｒｍ。

無理やり日本語に訳せば「永遠の若さの虫」ということになるだろうか。Ｅｔｅｒｎａｌ　Ｙｏｕｔｈとは、英語で不老を意味する。だから「不老虫」という訳も、できなくはない。

まったく意味がわからない。自分の常識では、宿主の寿命を縮めるのが寄生虫だ。それなのに、どうして寿命が延びる？

「マクアダムスさんは、日本ははじめてですか？」

車の中でずっと黙っているのもよくない。ひとまず、すでに聞いている情報から話のきっかけを作った。

「はい。ですから、楽しみにしています」

その響きは、社交辞令の域を超えていないように感じられた。まあ、仕方がないか。気が乗らない仕事だったとしたら、日本に思い入れがなくても不思議はない。

ひょっとしたら、仕事を終えた後に、日本の観光案内をさせられるのだろうか。聞いていないけれど、その可能性はある。困ったな。京都も奈良も詳しくない。

アメリカに住んでいたことがあるから、初対面の相手とでも、英語で世間話をすることは苦手ではない。しかし今回は仕事だからくだけすぎるのはよくないし、何よりも相手にわからないことが多すぎる。道路が渋滞していたこともあり、気まずい思いで成田空港から農林水産省本省までの二時間近くを過ごした。

ようやく霞が関に到着し、駐車場から江本に電話を入れた。

「来たか。七会《ななかい》にお連れしてくれ」

七会とは、建物の七階のことではなく、第七会議室のことだ。スーツケースをトランクに残して、車を降りる。マクアダムス嬢はケージを持ちだした。二人でエレベーターに乗る。

会議室のあるフロアに降りて、廊下を歩く。ペットのケージを提げた美女の登場に、すれ違う職員たちは、さすがに興味を惹《ひ》かれて、ちらちらと見る。気を悪くしないかなと、そっとマクアダムス嬢の様子を窺《うかが》う。その整った顔だちに不快感は浮かんでいなかったけれど、表情は硬かった。それもそうか。海外の政府機関に呼ばれたのだ。この人がどのようなキャリアを持っているのか知らないけれど、緊張もするだろう。

いや、違う。彼女から漂ってくるのは、緊張感ではない。何か重いものを受け止めるときの、覚悟のような硬さ。酒井には、そう感じられた。農林水産省は、彼女にどのような依頼をしたのだろうか。

第七会議室に到着した。ノックする。

「はい」

江本班長の声だ。「失礼します」と言ってドアを開ける。客を中に入れた。

室内には、三人の男性がいた。一人は江本。しかしもう一人を見て驚いた。矢内《やない》課長ではないか。自分の上司ではあるけれど、はるか雲の上の人。中央官庁の課長は、一般企業のそれとは重みがまったく違う。農林水産省を企業グループにたとえると、グループ会社の社長くらいの実権があるのだ。自然と背筋が伸びる。

もう一人は見覚えがない。四十歳くらいの、スーツ姿の男性だ。これといった特徴のない顔だちだけれど、お面のような無表情が気になった。

江本が口を開いた。「かけていただけ」

第七会議室には、なかなかいい椅子が入っている。マクアダムス嬢に座ってもらう。先客の三人も座り、最後に江本の「お前も座れ」の声で、自分も座った。マクアダムス嬢の隣だ。テーブルを挟んで、三人に相対する形だ。女性職員が音もなく現れ、人数分のコーヒーを置いていった。下っ端の自分にもコーヒーが出る辺りが、偉い人と同席していることをあらためて実感させる。

矢内課長がこちらを向いた。「通訳を頼む」

そして、すぐにマクアダムス嬢に顔を向けた。

「マクアダムスさん。この度は私どもの急なお願いを聞いていただき、誠にありがとうございます」

三人揃って、丁寧に頭を下げた。矢内の言葉を通訳すると、マクアダムス嬢も簡単に答礼した。

矢内は隣に座るお面紳士を右手で指し示した。「こちらは、警視庁警備部の有原《ありはら》です。概要は、彼が説明いたします」

お面紳士——有原は、無表情のまま再び会釈した。

酒井は戸惑った。寄生虫の上陸阻止に、警視庁だって？

有原の役割に見当をつける前に、本人が口を開いた。

「合衆国でエージェントがご説明しましたように、我が国はサトゥルヌス・リーチの危機に晒《さら》されています。サトゥルヌス・リーチ——不老虫の」

どきりとした。警視庁の人間が、いきなり怪しい情報に出てきた名前を口にしたからだ。どう翻訳すればいいか、一瞬迷った。しかし結局はネットの情報どおりに訳すことにした。「Ｅｔｅｒｎａｌ Ｙｏｕｔｈ Ｗｏｒｍ」と。

その言葉を聞いた途端、マクアダムス嬢の身体がわずかに震えた。元々色白の顔が、蒼白になったような気がした。

「密告があったのです」マクアダムス嬢の反応を気にすることなく、有原が話を続けた。「日本のとある商社が、不老せきに目をつけました。彼らは、サトゥルヌス・リーチを日本に運び、不老せきを手に入れようとしているのです。これがいかに危険なことなのか、あなたならおわかりになると思います」

「すみません」酒井は有原に尋ねた。「『せき』とは、何のことですか？」

「石です」有原が簡単に答える。なるほど。酒井は「Ｅｔｅｒｎａｌ Ｙｏｕｔｈ Ｓｔ

ｏｎｅ」と訳してマクアダムス嬢に伝えた。不審げな顔にならなかったから、合っているのだろう。

「情報によると、サトゥルヌス・リーチはすでに日本に入っています。宿主のだいたいの居場所はわかっていますが、私たちではサトゥルヌス・リーチそのものを見つけることはできません。ですから、あなたに来ていただいたのです」

ケージの中で、猫が鳴いた。まるで、有原の呼びかけに応えるように。

マクアダムス嬢は硬い表情のまま、口を開いた。

「質問がふたつあります。まず、サトゥルヌス・リーチが寄生して、何日経《た》っていますか？」

酒井が日本語に直して伝えると、有原は首を振った。「わかりません」

マクアダムス嬢は眉をひそめた。「では、宿主の数は？」

「それはわかっています」有原が答える。「三人です」

――えっ？

酒井は固まった。有原は、今なんて言った？　三人、だって？

サトゥルヌス・リーチに寄生された哺乳類は、人間だというのか？

機械的に通訳しながら、様子を窺う。有原は相変わらず無表情だ。矢内は不快そうに顔を歪《ゆが》めていたけれど、状況は理解しているようだ。そして江本と目が合った。江本は辛そうにこちらを見ていた。謝っているようにも見えるし、同情されているようにも見える。

「三人ですか」マクアダムス嬢が呟くように言った。こちらも、当たり前のような反応。

「だいたいの場所は、わかっているということですね」

「はい。東京都の秋葉原という地域に潜伏しているという情報が入っています。電気街として、世界的にも知られている場所です」

肌が粟立《あわだ》つのを感じた。秋葉原といえば、ここ霞が関からも遠くない。しかも、世界中から観光客が訪れる街だ。そんなところに、未知の寄生虫の宿主が滞在しているというのか。

それほど深刻な事態なのに、正面の三人は動揺した素振りを見せない。来客を相手に平静を装っているのか、それとも実はそれほど深刻ではないのか。酒井には判断がつかなかった。

マクアダムス嬢もまた、冷静だった。

「三人とも?」

「はい。一緒にいるかどうかはわかりませんし、その後移送されている可能性もありますが」

マクアダムス嬢が息を吐いた。

「わかりました」そして足元のケージに視線を向けた。「前もってお話ししたとおり、この子を自由に動かしていいですね？」

「承知しております」矢内が即答した。そして酒井の方を向く。「いいか。マクアダムスさんが連れてきた猫は、ケージから出して行動することになる。そのつもりでいるように」

「万世橋《まんせいばし》警察署には、話を通してあります」有原が後を引き取る。「もし警察官に何か言われたら、署長に確認するように言ってください。あなた方の行動を邪魔することはありません」

はい、と答えながら、頭がくらくらするのを感じた。相手は猫だ。活動中、勝手にどこかに行ってしまって、それを捜す役割をやらされることになるのではないか。そんな未来が想像できたからだ。

矢内がまた頭を下げた。

「お願いします。仕事中、この酒井を好きに使っていただいてかまいません。経費も、使いたいだけ使ってください」

おいおい。自分を好きに使ってもらうのはかまわないけれど、経費も使い放題だって？

中央官庁では、あまり聞かない科白だ。

今度は江本が口を開いた。

「酒井。マクアダムスさんは長旅でお疲れだ。さすがに今日は休んでいただいて、明日から動いてくれ」

「わかりました」返事しておいて、直属の上司を見る。「経費は使い放題ということでしたが、私が立て替えておいて、後で精算するということでしょうか」

「そのとおりだ。マクアダムスさんの仕事に必要であれば、支払いをためらうな。寿司でも天ぷらでもなんでも食わせろ。いいか。お前の仕事には、日本の命運がかかっていることを忘れるな」

「――わかりました」

ずいぶん大げさな言い回しだな。江本のキャラクターに合わない。

いや、課長の矢内が出てくるほどの案件だ。しかも、警視庁まで参加している。おまけに宿主は大勢の観光客が訪れる秋葉原にいる可能性が高いという。重大案件なのは、間違いない。

警視庁が乗り出してきた理由はわかる。宿主が人間ならば、その人物の身柄を確保するのは、警察にしかできない。

しかし疑問は残る。人間が寄生虫に感染しているのに、なぜ厚生労働省でなく農林水産省が担当するのか。

資料によると、サトゥルヌス・リーチは哺乳類に寄生するのだという。人間から家畜、家畜から人間に感染する可能性が高い。宿主となった人間が酪農地帯に身を置けば、清浄国である日本が汚染されてしまう。だからなのか。

しかし宿主となった人間は、秋葉原にいるという。秋葉原に牧場はない。人間から人間に感染する可能性の方が、はるかに高いわけだ。だったら、人間の健康の方を気にしなければならない。厚生労働省の案件ではないのか。

それなのに農林水産省の、下っ端の自分一人に任せられている。どうもちぐはぐだ。

疑問は、それだけではない。サトゥルヌス・リーチを宿した宿主がどこにいるか、正確にはわからない。それは理解できる。しかしなぜマクアダムス嬢ならわかるのだろう。

有原が手を伸ばして、テーブルの上の携帯電話を酒井の方に押した。

「この携帯を持っていてください。宿主の動きは警視庁でも追えるだけ追って、情報が入り次第、この携帯に連絡させます。担当は、若木《わかぎ》と戸倉《とくら》といいます。憶えておいてください。それから、万世橋警察署長の電話番号も登録してあります。必要が生じたら、署長と話をしてください」

「わかりました」

酒井は携帯電話を受け取った。いわゆるスマートフォンではない。二つ折りの、昔ながらの携帯電話だ。スーツの内ポケットにしまう。

「ホテルはガルフ新宿だ」江本が言った。「マクアダムスさんの名前で予約してある。お連れしろ。空港のピックアップには、自分の車を使ったんだったな」

「はい」本省の駐車場を使うため、前もって江本にはそう告げてあった。

「すまんが、マクアダムスさんの行動には、そのままお前の車を使ってくれ。駐車場代はレシートをもらって、後で精算だ。ガソリン代は出ないが、それはそのうち埋め合わせする」

「わかりました」同じ科白のくり返しだ。上司の指示には、他に答えようがない。

とはいえ、理解できる指示だった。理由はともかく、マクアダムス嬢はサトゥルヌス・リーチを捜す際、ペットの猫を連れて歩くという。しかも、ケージから出して。ケージに入れずにペットを電車に乗せるわけにはいかない。都心は渋滞もあるし、駐車場の確保にも苦労する。電車の方が効率的だけど、仕方がない。それに、元々ぞんざいに使っている車だ。シートに爪を立てられたところで、どうということはない。中途半端に公用車をあてがわれた方が、逆に気を遣う。

正面の三人が、同時に立ち上がった。

「報酬の半額は、もうお手元に届いているかと思います。仕事を終えられた暁《あかつき》には、残金をすぐにお支払いいたします。どのような結果になろうとも。ですから、最善を尽くすようお願いいたします」

「ご心配なく。引き受けた以上、全力を尽くします」マクアダムス嬢は素《そ》っ気《け》なく答えた。

「仕事の内容は、三匹のサトゥルヌス・リーチを始末する。それでいいですね?」

「はい」

マクアダムス嬢は探るような目をした。「不老石は、どうしますか?」

「処分してください」

矢内が即答した。「私どもは、不老石に価値があるとは認識しておりませんから」

江本が隣でうんうんとうなずく。有原は無表情のまま首肯《しゅこう》した。

「わかりました」

こちらが得たい結果を明示して、それをマクアダムス嬢が受けた。これで、すれ違いはなくなった。後は、動くだけだ。

面談は終わった。マクアダムス嬢を伴って会議室を出ようとする。そこに、江本の声が飛んだ。「酒井」

足を止めて振り返る。「はい」

江本は、重苦しい表情でこちらを見た。「お前は農林水産省の職員であり、防疫の業務に携わっている」

「はい」何を今さら。

「いいか。自分の業務を忘れるな。そして、本来やるべき、最善の手段を執るんだ」

三度「はい」と言いかけて、言葉を飲み込んだ。江本は、当たり前のことを言っている。にもかかわらず、それ以上の真剣さが、上司の口調から感じられたからだ。

しかしその真意はわからない。結局は「はい」と答えて、部屋を出た。

エレベーターに乗って、駐車場に降りた。後部座席のシートベルト装着を確認して、車を発進させる。

「ありがとうございました」

マクアダムス嬢に話しかける。「今からホテルに向かいます。チェックインしてから夕食ということになります。何か、食べたいものはありますか？」

江本は、寿司でも天ぷらでもなんでも食わせろと言っていた。ガルフ新宿は、ドバイを拠点とする高級ホテルグループの一員だ。一昨年日本に進出したときには、大きな話題になった。ガルフ新宿ならば、高くておいしいレストランが入っているだろう。

しかしマクアダムス嬢は首を振った。

「いえ。この子がいますから、部屋で食べます。食事を買えるような店はありますか？」

一瞬遅れて、言いたいことを理解した。考えてみれば当然の話だ。

「ルームサービスもあると思いますが、その子のご飯も必要ということですね」

「そういうことです」

「そうですね。コンビニエンスストアなら、この近くにたくさんあります。その子はどんなものが好きなんでしょうか」

「そうですね。鶏肉をよく食べます」

コンビニエンスストアの売り場を思い浮かべる。あった。

「確か、ボイルした鶏胸肉が売っています。それにしましょう」

バックミラーの奥で、マクアダムス嬢の表情がわずかに緩んだ気がした。

しかし緩んだという程度だ。そういえば、空港で出会ってから、マクアダムス嬢の笑顔を一度も見ていない。ずっと、無表情のままだ。別にすべてのアメリカ人が陽気というわけではないけれど、これほど表情を動かさない人は珍しい。やはり、やりたくない仕事なのだろうか。専門家ということだったけれど。

ガルフ新宿に到着した。とても高級ホテルの正面玄関に乗り付ける車ではないけれど、従業員はロールスロイスがやってきたかのような態度で出迎えてくれた。教育が行き届いているのだろう。

案内された駐車場に車を停めて、ロビーに向かった。ふかふかのソファにマクアダムス嬢を座らせて、チェックインカウンターに向かった。

「本日から予約している、ジャカランダ・マクアダムスさんです」

「マクアダムス様ですね」従業員が端末を操作した。「はい。承っております。本日から、一週間のご予定でございますね。ペット同伴の部屋をご用意させていただいております。パスポートをよろしいでしょうか」

そうか。外国人が宿泊するときには、パスポートの提示を求められるんだった。振り返ろうとしたら、いつの間にかマクアダムス嬢が隣に来ていた。アメリカ合衆国のパスポートを、カウンターに載せる。従業員が受け取って、チェックインの手続を行った。パスポートとカードキーを差し出す。

「三十二階の三二〇二号室をお取りしております。エレベーターは、右手の奥にございます。セキュリティ上、客室へのエレベーターは、カードキーが必要となります。ご使用の際には、カードキーをかざしていただきますよう、お願いいたします」

流暢《りゅうちょう》な英語で説明してくれた。マクアダムス嬢はパスポートとカードキーを受け取り、酒井の方を向いた。

「じゃあ、荷物とこの子を部屋に置いてきます。その後、コンビニエンスストアに案内してください」

「わかりました。ここでお待ちしています」

食品を売っている店に猫を連れて行くのは、さすがにためらわれるのだろう。気遣いができる人で助かった。

十五分ほどして、マクアダムス嬢が手ぶらで戻ってきた。二人でホテルを出る。一分も歩かないうちにコンビニエンスストアが見えてきた。

「日本の商品は、英語表記がほとんどありません」

買い物カゴを持って、酒井が言った。「説明しますから、なんでも訊《き》いてください」

マクアダムスという姓はアイルランド系に思えるけれど、外見はアジア系だ。どんな食べ物を好むか、まったくわからない。とはいえ、訊かないのがマナーだ。信仰とアレルギーだけは教えてもらって、特に食べられないものはないことを確認する。

マクアダムス嬢は店内を回って、商品についてひとつひとつ質問してきた。それぞれについて説明する。おにぎりと惣菜の野菜サラダを買い物カゴに入れる。ミネラルウォーターのペットボトルは三本。それからパックされた鶏胸肉をふたつ取った。賓客の夕食としては、かなり安い。寿司とか天ぷらとか言っていた江本が知ったら、唖然《あぜん》とするか怒りだすかもしれない。

ともかく、会計を済ませてホテルに送り届ければ、今日の仕事は終わりだ。同居している妹には、今日は外食すると言ってある。接待で夕食を共にする可能性を考えたからだ。

帰りがけにどこかに寄って済ませよう。

「じゃあ、会計を済ませてきます」

そう言ってレジの列に並ぼうとしたら、マクアダムス嬢がきょとんとした顔をした。

「買わないんですか?」

一瞬、何のことかわからなかった。しかしすぐに酒井自身の夕食のことだと思い至る。少し困惑した。これからの展開が読めなかったからだ。露骨にわかっていない顔をしていたからだろう。マクアダムス嬢が説明してくれる。

「今からの行動について、具体的な打ち合わせをする必要があるでしょう」

「――ああ、そうですね」

夕食を摂《と》りながら、明日の行動計画を練ろうというのだろう。江本が「今日は休んでいただいて」と言ったし、それをマクアダムス嬢にも通訳しているから、今日はこれで終わりだと思い込んでいた。しかし冷静に考えてみれば、マクアダムス嬢の言い分の方が正しい。

ただ、問題がひとつある。コンビニエンスストアで夕食を購入するのは、ペットの猫を連れては外食できないからだ。つまり、マクアダムス嬢はホテルの自室で食べる。若い女性の部屋に、男が入り込んでいいものだろうか。親しければまだしも、初対面だ。

酒井の逡巡《しゅんじゅん》を理解したのだろう。マクアダムス嬢は素っ気なく続けた。

「部屋で一緒に食べましょう」

そうストレートに言われてしまえば、断ることはできない。急いで自分の夕食を選ぶ。目についた幕の内弁当を買い物カゴに入れた。それから、弁当コーナーの脇に置かれていた緑茶のペットボトルも。

合計で二千円もしない買い物だ。コンビニエンスストアを出て、ホテルに戻る。ビジネスホテルならともかく、こんな一流ホテルにレジ袋を持ち込むのは、少し恥ずかしい。しかし自分が宿泊するわけではないし、これは仕事だ。ホテルの従業員も見て見ぬふりをしてくれた。

エレベーターで三十二階に上がる。カードキーで三二〇二号室のドアを開けた。ドア脇にある挿入口にカードキーを入れると、室内が明るくなった。スイートルームというほど豪華ではないけれど、酒井の感覚だとかなり広い。ペットＯＫの部屋だからか、ペットが寝られるような平たいクッションが床に置かれていた。

マクアダムス嬢が真っ先にケージを開けた。中からペットが出てきた。

やはり、猫だ。灰色の体毛に、黒い斑《ぶち》がある。マクアダムス嬢が両手を広げると、猫は胸元にジャンプした。抱きとめる。

「ごめんね、ビオ。一人にしちゃって」

マクアダムス嬢が話しかける。ビオという名前なのか。

マクアダムス嬢が身体の向きを変えて、ペットがこちらに見えるようにした。

「この子が、パートナーのビオです」

ペットではなく、パートナーか。

「よろしく、ビオ」

話しかけたけれど、猫――ビオは何の反応も示さなかった。当然だ。猫が初対面の人間に愛想よくするはずがない。

「何という種類なんですか？」

「フィッシングキャットです」

フィッシングキャット。日本でいうスナドリネコか。スナドリネコは大型の猫というイメージがあるけれど、ビオは日本の家猫サイズだ。かなり小柄な方だといっていいだろう。

ふと思いあたることがあった。

「ひょっとして、ビオとはバイオレットのことですか？」

マクアダムス嬢が目を大きくした。はじめて見る、はっきりした表情の変化。

「よく、わかりましたね」

「飼い主がジャカランダさんですから」酒井は説明する。「ジャカランダの木には、バイオレットカラーの花が咲きます」

へえ、という顔をする。こちらに対する興味が表れた。「正解です」

「いい名前ですね」

ビオを見るマクアダムス嬢の表情は、柔らかかった。ただのペットという以上の絆《きずな》があるように思われた。

それでは、猫——ビオの食事が先だ。洗面台で手を洗い、棚から平皿を出した。鶏肉を開封して中身を皿に載せる。コーヒーカップに付いているソーサーは、少し深みがある。取り出して、ミネラルウォーターを注いだ。ビオが二枚の皿に近寄って、食べ始めた。

「私たちも、いただきましょう」

丸テーブルを挟んで、簡素な晩餐《ばんさん》が始まった。

「アキハバラ、でしたっけ」

サラダを食べながら、マクアダムス嬢が言った。宿主の潜伏先のことだ。

「はい。ここ新宿からだと、電車で十五分くらいでしょうか。車でも、二十分くらいです」

通勤鞄から、スマートフォンを取り出す。地図アプリケーションを起動して、日本全体を表示した。次第に拡大していき、東京中心部が表示されるようにした。

「今いるのが、ここです」新宿を指し示す。「先ほどご案内した農林水産省の本省がここ、そして秋葉原がここです」

霞が関、秋葉原の順に指さす。マクアダムス嬢の視線が秋葉原に注がれた。

「電気街として、世界的にも知られているということでした」

警視庁の有原が説明した内容だ。

「そこは、夜遅くまで大勢の人で賑わっているんでしょうか」

「そういうわけじゃありません」酒井は片手を振る。「電器店は、わりと早く閉店します。けれど大きな店舗は遅くまでやっていますし、最近はレストランも増えましたから、昔よりは人通りがあると思います。それでも夜の繁華街としては、静かな方です」

「そうですか」マクアダムス嬢は無表情で答えた。おにぎりの最後の一口を飲み込む。

「先進国で途上国の女性が働く。よくあることです。秋葉原には、外国人女性が働く店が多いのでしょうか」

　マクアダムス嬢が言いたいのは、いわゆる風俗店が多いのか、ということだろう。口にしたくはないけれど、アジアの国の女性が日本で男性に奉仕する仕事をしているのは、紛れもない事実だ。

　酒井は首を振った。

「秋葉原は、いわゆる歓楽街ではありません。けれど女性が接客する喫茶店やマッサージ店はたくさんありますし、ときどき摘発されているのが実情です。とはいえ、どちらかといえば観光客が買い物に来る方が多いと思います」

　スマートフォンの地図を見ながら、秋葉原地区の構造と、通り沿いに多い店のタイプを説明していった。秋葉原ならば、そこそこ知っている。

「なるほど」マクアダムス嬢は少し考える仕草をした。「買い物客だったら、夜間はあまりいませんんね。ほんの少し、リスクが減ったということでしょうか」

「リスク」酒井はカットされたコロッケを飲み込んでから言った。「サトゥルヌス・リーチが、宿主から他の人間に感染するリスクのことですね」

　奇妙な感じがした。サトゥルヌス・リーチは、どのような経路で他の個体に感染するのだろうか。

人間が寄生虫に感染するルートとしては、寄生虫に感染した生き物を食べるとか、寄生虫の卵の入った水を飲むとかがある。しかしすでに寄生された人間の近くにいても、感染するとは考えにくい。寄生虫は病原菌やウィルスではないのだ。空気感染や飛沫《ひまつ》感染はしない。

あえていえば、寄生された人間の糞便に触れてしまうことだろうか。しかし宿主が赤ん坊や介護が必要な高齢者でもないかぎり、他人が宿主の糞便に触れる状況があるとは考えにくい。

いや、そんなに簡単な話ではない。宿主がトイレから手を洗わずに出て、電車のつり革を握ったりしたら、そこから感染する可能性だってあるのだ。油断してはならない。

食事の最中だから、そこまで口に出さなかったけれど、マクアダムス嬢は酒井の疑問を察したようだった。

「酒井さんは、サトゥルヌス・リーチに詳しくないようですね」

酒井は素直に認めた。「はい。恥ずかしながら」

マクアダムス嬢は、決してバカにした表情を浮かべなかった。

「無理もありません。生息域は狭くて、今のところ拡散したという報告もありません。ですから、きちんとした研究は、まったく為されていないのが現状です。あるのは、伝説だけです」

「伝説」酒井は繰り返す。「それは、不老虫という呼び名に関係しているのですか」

質問というより、確認だった。マクアダムス嬢はうなずく。

「そうです——でもまあ、気にしなくていいですよ。サトゥルヌス・リーチの相手は、わたしがやりますから。酒井さんは、案内だけしてくれればいいです」

そう言われても、素直に「はい、そうですか」と返すわけにはいかない。サトゥルヌス・リーチの伝説とはどのようなものかと尋ねようとしたけれど、その前にマクアダムス嬢が野菜サラダを食べ終わった。ミネラルウォーターを飲む。ティッシュペーパーで口元を拭いた。酒井も弁当を食べ終わっていることを確認して、立ち上がった。

「行きましょう」

「えっ？」

思わず訊き返した。今から、秋葉原に行くというのか。こちらは、明日のピックアップの時刻を確認したら、今日の仕事は終わりだと思い込んでいた。

マクアダムス嬢は無表情な顔をこちらに向けてきた。「不老虫が寄生して、どのくらいの時間が経っているか、わからないということでした。だったら、早い方がいいです」

「でも、お疲れではないですか？」反射的に尋ねた。「ずっと飛行機に乗っておられましたし、時差もあるでしょうに」

「大丈夫です」マクアダムス嬢は簡単に答える。「西への移動ですから、時差ボケは気になりません」

「わかりました」

素早く頭を切り替えた。本人がそう言っているのだから、尊重すべきだろう。依頼したこちらとしては、むしろ、ありがたいかぎりだ。申し訳ないけれど、そう考えなければ。

立ち上がる。「参りましょう」

空いた容器包装をレジ袋に入れて、口を縛る。隅のゴミ箱に入れた。ビオにはもう一度ケージに入ってもらって、部屋を出た。

「火が必要です」エレベーターに向かいながら、マクアダムス嬢は言った。「サトゥルヌス・リーチは、そう簡単には死にません。完全に燃やしてしまう必要があります。携帯できて、現場で簡単に着火できるものがあればいいのですが」

「火、ですか」今ひとつ、イメージしづらい。「どの程度のサイズの火が必要でしょうか」

「相手の大きさにもよりますが、ライターの火でいいわけではありません」

それなりの大きな火が必要ということか。寄生虫にも色々ある。わずか数ミリのものもいれば、数メートルに成長するものもいる。サトゥルヌス・リーチは、決して小さな種類ではないのだろう。

真っ先に浮かんだのは、七輪だ。火おこしは苦手ではない。しかしサトゥルヌス・リーチを捕らえたとして、そこから呑気《のんき》に炭火をおこすわけにはいかない。悠長すぎる。すぐに着火できて、ある程度の大きさの寄生虫を燃やしてしまえるくらい、大きな火勢になる道具を用意しなければならない。

もうひとつ問題がある。サトゥルヌス・リーチを捕らえた場所が屋内なら、大きな火を燃やしてしまうと、火災報知器が作動する危険がある。消防車が出動する騒ぎになってしまったら、それはそれで困る。

どうしようか。数秒考えて、結論を出した。マクアダムス嬢に話しかける。

「車に乗る前に、買い物してよろしいでしょうか。目的の店は、駐車場がないもので」

会話の流れから、酒井がサトゥルヌス・リーチを燃やせる道具を買おうとしているのは、すぐにわかる。マクアダムス嬢が首肯した。「どうぞ」

五分ほど歩いて、大型のディスカウント店に入った。ここはペット用品も売っているから、ビオのケージを持ち込んでも大丈夫だろう。しかし向かった先は、家庭用品売り場だ。狭い通路を、他の買い物客を避けながら進んでいく。目的の商品にたどり着いた。

「これなんか、どうでしょうか」

酒井が示したのは、カセットコンロだった。そして大きめで深いフライパン。マクアダムス嬢が目を丸くした。

「サトゥルヌス・リーチを、食べるつもりなんですか？」

「まさか」酒井は苦笑する。「熱で殺せるのなら、直火にかける必要はないのではありませんか？　フライパンで焼き殺しましょう。ふたをすれば逃げられませんし」

マクアダムス嬢の表情が緩んだ。丸かった目が、今度は三日月になった。作り笑顔でない、本物の笑顔。「面白い方ですね。その方法でも、大丈夫です」

「では」

買い物カゴに、カセットコンロとガスカートリッジの三本パック、それから直径三十センチのフライパンとガラス製のふたを入れた。レジで会計する。これまた、一万円もしない買い物だ。レジ袋ふたつに分けて持った。「お待たせしました」

ホテルに戻る。駐車場に降り、一人と一頭を愛車に乗せた。

「もう、ビオをケージから出していただいて大丈夫です」

エンジンをかけながら言うと、マクアダムス嬢はケージに手を置いて、ためらうように答えた。「でも、フィッシングキャットは他の猫と違って、爪を収納できないんです。シートに傷が付いてしまいます」

なんだ。そんなことか。

「かまいません。元々ぞんざいに使っている車ですから。猫の爪くらい、どうということはありません」

「わかりました。ありがとうございます」

飼い主がケージを開ける。意外と素直な人だ。ビオがケージから出て、シートに立つ気配があった。

「では、秋葉原に向かいます」

カーナビゲーションシステムの時計で、時刻を確認する。午後八時三十七分。平日の都心とはいえ、大渋滞ということはないだろう。首都高速道路ではなく、一般道でもたいして時間は変わらないはずだ。

信号待ちの間、スマートフォンで秋葉原駅周辺にある駐車場を検索する。二十四時間営業で、できるだけ駅に近いところがいい。経費はいくら使ってもいいらしいから、料金は気にしない。よし、秋葉原UDXパーキングを利用しよう。

新宿を出て、二十分程度で秋葉原に到着した。幸いなことに、秋葉原UDXパーキングに空きがあった。地下二階に車を入れて、エンジンを切る。

このまますぐに駆け出せればよかったのだけれど、そうはいかない。先ほど買ったカセットコンロやフライパンを使える状態にしなければならないからだ。

カセットコンロを箱から出して、ガスカートリッジをセットする。試しにつまみを回すと、きちんと着火した。トランクルームから帆布製のトートバッグをつかむと、ひっくり返して中に入っている雑多なものをぶちまけた。空《から》になったトートバッグに、カセットコンロとフライパン、そしてふたを放り込む。

通勤鞄は要《い》らないだろう。財布とキーホルダー、それからスマートフォンをスーツのポケットに押し込んだ。

「お待たせしました」

しかしそれで終わりではない。

「はぐれたときのために、電話番号とメールアドレスを教えていただけますか？」

マクアダムス嬢は嫌な顔ひとつせずに、個人情報を教えてくれた。自分の連絡先も伝える。悠長なことをやっているようだけれど、必要なことだ。

エレベーターを使って地上に出た。ビルを出ると、ビオがマクアダムス嬢の足下に降り立つ。その姿は恰好いいけれど、こちらはそうはいかない。スーツ姿にくたびれたトートバッグだ。しかもフライパンの柄が覗いている。とはいえ、別に恰好をつけるために仕事をしているわけではない。警察に職務質問されない程度ならいいのだ。いや、されるかもしれないけれど。

「どう、捜しますか？」

酒井の質問に、マクアダムス嬢はスマートフォンの画面を見ながら答える。

「秋葉原エリアのサイズ感が、まだ把握できていません。まだこのエリアにいるかどうかもわからないのであれば、とりあえずぶらぶら歩きます」

「ぶらぶら、ですか」

なんという緊張感のない科白だ。しかしマクアダムス嬢は真剣な顔のままだった。「近づけば、わかりますから」

——えっ？

どういうことだろう。近づけば、わかるというのは。

どうやら、言葉どおりだったようだ。マクアダムス嬢は、当たり前のように続ける。

「だから、わたしとビオが呼ばれたんです。わたしたちは、サトゥルヌス・リーチに近づけば、わかります。わたしよりビオの方が、ずっと鋭いですけど」

「……………」

コメントできない。理由もなく、ただ「わかる」と言われても困る。こちらはデータ処理を生業《なりわい》にしている分析官だ。そんな感覚的——悪く言えば場当たり的——な行動には慣れていない。

しかしここで思考停止になるような人間は、霞が関にはいない。サトゥルヌス・リーチに近づけば、マクアダムス嬢とビオが感知できる。そういう前提で業務を進めるだけだ。

「それでは、秋葉原の道という道を歩いていくしかありませんね」

秋葉原の構造を思い出す。駅の西側には電気街。東側には昭和通りがある。飲食店やマッサージ店などは、最近電気街にも増えてきた。けれど、どちらかといえば昭和通り沿いに密集している。アジア人女性の働き先としては、こちらの方だろう。

酒井はスマートフォンの地図を指でなぞった。

「今いるのが、このビルの駐車場です。ここから、線路をくぐって東の方に出ましょう。夜間にアジア系の女性が比較的多いエリアです」

マクアダムス嬢はすぐには答えず、スマートフォンの画面をじっと眺めていた。

「感染初期には、自覚症状がほとんどありません。ちょっとお腹《なか》に違和感があるかな、といった程度です。体内でサトゥルヌス・リーチが成長するに従って、変化が訪れます。今回の宿主に、その変化が訪れているかどうか」

酒井は唾を飲み込んだ。

「わからない以上、宿主の体内で相当成長しているという前提で動かなければならない、ということですね」

「そう考えるべきでしょうね。ただ、サトゥルヌス・リーチが成長すると、体調の悪化が顕著になります。そうなったら、外を出歩く元気がなくなります」

なんとなくではあるけれど、イメージがつかめた。

「宿主は街で買い物をしているかもしれない。どこかの店舗で働いているかもしれない。体調を崩して宿で寝ているかもしれない。そういうことですね」

要は、見当がつかないということだ。マクアダムス嬢の返事はシンプルだった。

「そのとおりです」

「とはいえ」酒井は考えをまとめながら言った。「どうしてサトゥルヌス・リーチだけを運ばずに、人間ごと持ち込んだのかはわかりませんが、少なくともサトゥルヌス・リーチを必要とする連中は、貴重なサンプルがダメにならないよう気を遣うでしょう。野放しにするとは思えません。どこかの屋内に監禁されている可能性の方が高いと思います」

マクアダムス嬢が小さくうなずく。「そうですね」

酒井は、色白な横顔に視線をやった。「もうひとつ。持ち込んだ連中が、宿主を入国させた途端にサトゥルヌス・リーチを確保している可能性もあります。むしろ、こちらの可能性の方が高い。どうやって人体から取り出すのかは知りませんが」

マクアダムス嬢の唇が、わずかに歪んだ。じっと見つめていないと気づかないレベルの変化。

「想像ですけど、しばらくはそのままにしておくでしょう」

想像ですけどと前置きしたわりには、妙に自信満々だ。酒井が理由を質《ただ》すと、マクアダムス嬢がこちらを向いた。

「サトゥルヌス・リーチは、ある程度育たないと価値がないのです。かといって使えるレベルまで成長してしまうと、今度は宿主が体調を崩して、自由に動けなくなります。少なくとも、入国時に外国人が辛そうにしていたら、空港で留め置かれるでしょう。ですから宿主がある程度元気なうちに日本に入国させて、じっと成長を待つ手段を執ると考えられます。もっとも、サトゥルヌス・リーチの成長は個体差が激しいので、急に体調を崩すこともあります。空港までは元気でも、滞在先ですぐに取り出すレベルになっている可能性も、考えなければなりません」

説得力のある考察だ。サトゥルヌス・リーチの価値が何なのかは別として。

どのような商社なのか知らないけれど、清浄国に未知の寄生虫を持ち込むリスクは、よくわかっているだろう。それでも実行したということは、よほどの価値があるということだ。

しかし、それほど価値がある生物ならば、とっくに研究され尽くしているはずだ。現実には、自分も江本も知らなかった。研究論文もほとんど出ていない。商社は、どうやってサトゥルヌス・リーチの価値を知ることができたのだろうか。

いや、今は考えるときではない。行動するときだ。

「それなら、作戦を変えましょう」

酒井は秋葉原駅の東側を指し示した。

「今、私は宿主が店舗にいる前提で昭和通りを提案しました。しかし監禁されているのなら、店ではないと思います。店の上階に居住スペースがある可能性もありますが、従業員のためのものでしょう。無関係の人間を入れる可能性は高くないと思います」

「ホテルもないでしょうね」マクアダムス嬢が後を引き取る。「外国人が投宿して、買い物にも仕事にも出ないとなると、ホテルの従業員が怪しみますから」

「そうなると」酒井は駅の東側から西側へと指を滑らせた。「電気街から奥まったところを捜すべきですね。持ち込んだ連中がアパートや事務所を借りて、隠しているかもしれません。秋葉原という場所は、古くて小さな建物が多いんです」

我ながら心許《こころもと》ない選択だけれど、仕方がない。秋葉原周辺といっても、はっきりした区分けがあるわけではない。そもそも、まだこの辺りにいるかどうかもわからない。それでも、捜すことを自分は命じられている。

「では、動きましょう」

ＵＤＸビルに沿って歩きだした。ＵＤＸビルは、ＪＲ山手線や京浜東北線の線路と、中央通りの間にある。

「中央通りは、秋葉原のメインストリートです。さすがに、中央通りに面した建物にはいないでしょう。隠すのなら、人通りの少ない場所にしたいのが人情だと思います。裏通りを中心に捜しましょう」

あらためてスマートフォンの地図を指し示す。「このまままっすぐ北に向かうと、蔵前橋通りに突き当たります。地下鉄の末広町駅がある通りです。ここまでが、秋葉原の近くといっていいかと思います」

「わかりました。では、参りましょう」

線路と中央通りの間の小路を歩いていく。この辺りは、路地裏と表現するほどうらぶれてはいないけれど、人通りも少ない。しかしラーメン屋などもあって、人気《ひとけ》がないわけではない。

マクアダムス嬢が、左右の建物を見ながら言った。

「どうして、コミックの看板が多いんですか？」

彼女の言うとおり、あちこちに可愛らしい女性の絵が描かれた看板がある。マンガやアニメーション、ゲームの宣伝の看板だけではない。いわゆるメイド喫茶やマッサージ店といった、生身の女性が相手をしてくれる店の看板にもまた、写真でなくイラストが描かれている。それどころか、商店街のお祭りや自衛隊の募集ポスターにまで女の子が描かれているのだ。日本全国でその傾向はあるけれど、秋葉原はやはり飛び抜けて多い印象がある。

「秋葉原は電気街で有名なんですが」若いアメリカ人女性は気に入らないかもしれないと思って、言い訳がましく説明した。「日本のポップカルチャーの発信基地でもあるんです。マンガやアニメ、ゲームなどですね。キャラクター文化が根付いているので、自然とそうなっていったようです」

「ジャパニーズ・ポップカルチャー」

マクアダムス嬢がくり返す。「日本のコミックが好きな友人がいますから、理解できます」

彼女自身はあまり興味がなさそうだけれど、眉をひそめるような仕草をされなくて、助かった。変なところでやる気をなくされても困る。

蔵前橋通りに到達するまで、マクアダムス嬢もビオも、無反応だった。

末広町の交差点を渡って、中央通りの西側に移動する。また路地をしらみつぶしに歩いた。

ビオが反応したのは、中央通りから二ブロックほど離れた小路だった。何かに気づいたように、身を硬くした。

「ビオ?」

マクアダムス嬢がビオの様子を窺う。ひとつ小さくうなずくと、静かに言った。

「Go」

ビオが走り出した。

おいおい、大丈夫なのか?

不安に駆られたけれど、マクアダムス嬢の様子に変化はない。一緒になって待った。

待っていたのは、たぶん十五秒くらいだ。ビオが戻ってきて、酒井たちの前に止まった。

そして誘導するように、今戻ってきた道を歩きだした。トートバッグを持ってついていく。

この辺りは、電器関係の店舗と事務所と民家が渾然一体《こんぜんいったい》となっているエリアだ。学校や神社、寺院、教会もある一方で、マッサージ店のネオンも光っている。ちょっと不思議な空間だ。

ビオに導かれるように、奥の狭い通りに入ったときに、マクアダムス嬢が顔をしかめた。

「ここまで来れば、わたしにもわかります」

古めかしい雑居ビル。三階建てだ。その三階の窓から、灯《あか》りが漏れていた。カーテンは閉められている。他の窓は、すべて暗かった。

「あそこです」

無造作に建物に入ろうとする。さすがに酒井が止めた。

「ちょっと待ってください。宿主を入国させた連中が、一緒にいるかもしれません。そっと入りましょう」

古いビルだから、入口にセキュリティシステムはない。エレベーターもない。人の気配に注意しながら、ゆっくりと階段を上っていった。

マクアダムス嬢がドアの前で足を止めた。住宅というより事務所を思わせるドアだ。磨《す》りガラスがはめられている。部屋番号も、表札もない。磨りガラスだから中の様子はわからないけれど、照明が点《つ》いていることはわかる。

廊下の左右を見回して、人影がないことを確認する。ドアの前に立ち、中から話し声が聞こえないかどうか、確認する。中から人の声は聞こえてこない。ドアの蝶番《ちょうつがい》を確認する。外開きだ。ドアノブを握る。中の人間に気取られないように、そっとノブを回して、引いた。数ミリで止まる。鍵がかかっている。ドアノブから手を離した。

さて、どうしよう。マクアダムス嬢が迷いなくここに立ったということは、宿主は間違いなく中にいるのだろう。話し声が聞こえないから、商社の人間はいないことが期待できる。サトゥルヌス・リーチを始末できるチャンスだ。しかし、どうやって中に入ろうか。

するると、いきなりマクアダムス嬢がドアをノックした。心臓がどきりと鳴ったが、マクアダムス嬢は気にする様子はない。中の人間に向かって話しかける。英語ではない、酒井が知らない言語で。

マクアダムス嬢が酒井の方を向いた。英語で話しかけてくる。

「いいですか？　ドアが開いたら、そのトートバッグを中の人間に見せてください。バッグの中身を見せるのではなく、大きく膨らんだトートバッグそのものを」

意図はまったくわからなかったけれど、逆らう理由はない。小声で「わかりました」とだけ答えた。

数秒の後、ドアの内側に人が立つ気配があった。がちゃりと音がして、ドアが開いた。中には、女性が立っていた。東南アジア系の外見。まだ若い。せいぜい、二十代半ばから後半。三十歳にはなっていないだろう。美女とはいえないまでも、人好きのする顔だちだった。

女性は二人の来訪者を見て驚いたようだったけれど、ここは酒井の出番だ。手に持ったトートバッグを見せつけるように両手で抱えた。マクアダムス嬢がまた知らない言語を話すと、安心したように身を引いた。二人と一頭が部屋の中に入る。やはり、いるのは女性一人だけだ。

「鍵を閉めて」

マクアダムス嬢が早口で指示してくる。言われるまでもない。素早く、しかしできるだけ音を立てずに、ドアノブのサムターン錠を回してロックした。女性はマクアダムス嬢を先導するように部屋の内側を向いていたから、こちらの行動には気づかなかった。

「何て言ったんですか？」

小声で尋ねると、マクアダムス嬢は視線を女性に向けたまま、答えてくれた。

「『食料を持ってきた』と言ったんです」

なるほど。それでトートバッグか。中に食料が入っていると思わせられれば、警戒心が緩くなる。

ともかく、中に入ることができた。

中は、殺風景だった。やはり事務所として使用されていた部屋なのだろう。調度品の類は、一切ない。パイプベッドがひとつ、丸いテーブルがひとつ。そして椅子がひとつ。カーテンが部屋の風景に馴染《なじ》まず、かつ妙に新しい。今回の目的のために、急遽《きゅうきょ》持ち込まれたことを想像させる。

ここからは、サトゥルヌス・リーチの専門家、マクアダムス嬢に任せるとしよう。そのために呼んだわけだし。指示されたら、手伝えばいいことだ。

マクアダムス嬢がまた何か話しかけた。女性が安心したような顔で答える。内容はまったくわからないけれど、なんとなく二人は同じ言語を話しているように感じられた。女性は単身か、少なくとも三人で日本に連れてこられた。そして今は、一人で殺風景な部屋にこもっている。周囲に同国人がまったくいない状態は不安だっただろう。自分と同じ言葉を話す女性が現れて、安心した。そんなふうに見えた。

マクアダムス嬢は作り笑顔だった。相手の警戒心を解くための笑顔。効果はあったようで、女性はベッドに座り、マクアダムス嬢がその隣に座った。酒井はトートバッグをテーブルの上に置く。まだ食料のように見せておかなければならない。

懐柔《かいじゅう》には成功したようだ。ではこれから、マクアダムス嬢はどう動くのか。手助けが必要な場合を考えて、酒井はマクアダムス嬢に近づいた。手助けだけではない。女性がいきなりマクアダムス嬢に襲いかかってきた場合、彼女を護らなければならないからだ。酒井は指示されて食料を運んできたスタッフを装いながら、二人の女性に注意を向けていた。

だから気がついたのだろう。

マクアダムス嬢が貼りついたような笑顔で話しながら、右手をデニムジャケットのポケットに入れた。その動きに、酒井は違和感を覚えた。さりげなさを装った不自然さが感じられたからだ。そして手を抜くときの、異様な速さ。

身体が瞬間的に反応していた。酒井は右手を伸ばし、マクアダムス嬢の右手をつかんだ。マクアダムス嬢の動きが止まる。右手には、折りたたみナイフが握られていた。その刃先は、女性の首筋から一センチ手前で止まっている。

ぞくりとした。

折りたたみナイフだったことが幸いした。ポケットから抜き出した後、刃を振り出す作業が必要になる。その一瞬の間があったからこそ、酒井は間に合った。あれが剝《む》き身のナイフだったら、その刃先は確実に女性の頸動脈を切り裂いていただろう。

マクアダムス嬢が怒りの表情を見せた。酒井を睨《にら》みつける。

「なんで邪魔するのよ！」

口調が変わっていた。つられて、こちらの口調も変化する。「どうして殺す！」

マクアダムス嬢が苛立《いらだ》ったような口調で答える。「感染したんだから、殺処分するのは当然でしょ！」

頭を殴られたような衝撃があった。マクアダムス嬢の右手を押さえている力が緩みかけて、慌てて力を入れ直す。

殺処分。伝染病に罹患《りかん》した家畜や野生動物は、殺処分される。それが、自分たち防疫に携わる者の常識だ。しかし、今回の宿主は人間ではないか。殺処分など、できるわけがない。

酒井の理性の半分は、そんな常識的反応をした。しかしもう半分は、なぜ自分がこの件に関わっているのか、理解していた。

マクアダムス嬢が、サトゥルヌス・リーチの感染者を殺害しようとすることは、事前の調査でわかっていたのだ。

警察の仕事は、犯人の検挙だ。犯人の殺害ではない。

厚生労働省の仕事は、人間の健康を護ることだ。病気になった人間を殺害することではない。

しかし、農林水産省なら。

防疫の観点から、伝染病に罹患した動物を殺処分するのが、農林水産省の仕事だ。だったら、罹患した動物が人間であっても、同じように殺処分に同意してくれるはずだ。

サトゥルヌス・リーチの上陸を知った人間たちは、そんな理屈で自分を納得させて、農林水産省に厄介事を押しつけたのだ。そして防疫の知識があって、英語が堪能で、何をさせられても上に向かってもの申せない下っ端である自分に、白羽の矢が立った。江本が申し訳なさそうな顔をするわけだ。

そう考えると、自分がサトゥルヌス・リーチについて、事前にレクチャーを受けなかった理由もわかる。夕方の面談で、有原はサトゥルヌス・リーチが危険な生物だと言っていた。それならば、担当する自分に、その危険度合について教えておく必要がある。しかし彼らは、そうしなかった。なぜなら、本当のことを教えてしまうと、腰が引けてしまって役に立たなくなる心配があったからだ。

江本がこの件について他言無用と言った理由もわかる。危険な寄生虫を宿していたとしても、人間だ。国が主導して殺せるわけがない。情報が漏れたら、大変な騒ぎになる。

そこまで理解した酒井は、さらに腕に力を込めた。

「殺処分。それが正しいのかもしれない」ゆっくりと言った。「でも、殺すな」

至近距離で見つめ合った。

時間にして、一秒あるかないかだと思う。しかし自分にとっては、時間の概念を忘れさせるほどの濃密なやり取りがあったように感じられた。

ふっ、とマクアダムス嬢の目から力が消えた。同時に、ナイフを持っている右手の力も緩む。

「わかった。この女は殺さない」

殺さない。

信じていいか、一瞬ためらう。しかし、すぐに決断した。彼女は殺さないと言った。それを信じないで、これからどうやって一緒に仕事をしていけばいいのか。

右手を押さえていた手を離す。これで、マクアダムス嬢が女性を殺害しようと思ったら、簡単に達成できることになる。

マクアダムス嬢がナイフを動かした。女性の喉元に突きつける。しかし刃先を潜り込ませようとはしなかった。低い声で話しかける。何が起きているのかまったく理解できなかった女性は、刃物というリアルな恐怖に、カクカクと首を縦に振った。さらにマクアダムス嬢が話しかけると、女性はベッドに横たわった。

マクアダムス嬢が酒井を見た。

「この女の手足をベッドに縛りつけて」

いきなり、無茶を言う。拘束用の紐など、持参していない。もちろん、はじめから殺すつもりだったマクアダムス嬢が、そのようなものを前もって要求するはずがない。

周囲を見回す。紐のようなものは、部屋にはなかった。仕方がないから、ベッドのシーツを裂いて、紐の代わりにした。やれやれ、これで他人の財産を傷つけたことになる。どうするんですか、江本班長。

ナイフを喉元に突きつけられて動けない女性の手足を、パイプベッドの脚に固定していく。最後にシーツの切れ端を丸めて、口の中に押し込んだ。大声を出されないようにするためだ。まさか国家公務員になって、こんな犯罪行為に手を染めることになるとは思わなかった。

それでもためらわずに行動できるのは、マクアダムス嬢があまりにも真剣な雰囲気を漂わせていたからだ。全力を尽くす、と彼女は言った。殺害を止めた以上、そして彼女がそれを了承した以上、こちらも全力を尽くさなければならない。もたもたしてなんか、いられない。

「オーケー」マクアダムス嬢がナイフをたたんで、デニムジャケットのポケットにしまった。「火の用意をして」

トートバッグからカセットコンロを出す。コンロの上にフライパンを置き、すぐに使えるようにふたを脇に置いた。

「用意できたぞ」

一度ぞんざいな言葉でやり取りしてしまったから、なんとなく丁寧な話し方に戻りにくい。そんな雰囲気でもないし。

「じゃあ、始めるよ」

マクアダムス嬢は、女性のズボンのベルトを外した。ボタンとファスナーを下ろして、ずり下げる。ベッドの脚に足首を縛りつけているから、女性の両脚は開いている。だから完全には下ろせない。太股の辺りまでだ。それで十分らしく、下着も同じ位置まで下ろした。女性の大切な部分が露《あら》わになった。反射的に目を逸らす。

女性の顔が恐怖に歪む。手足をバタバタさせて拘束から逃れようとするけれど、しっかり縛りつけているから、逃れられない。そんな女性にマクアダムス嬢が話しかけた。すると、動きが止んだ。そしてこちらを見る。

「あなたが襲うわけじゃないから安心してって言ったの」

当然だ。そう文句を言いたかったけれど、それどころではない。マクアダムス嬢の目つきが鋭くなったからだ。デニムのジャケットを脱ぎ捨てる。Tシャツは半袖だ。色白の細腕がむき出しになった。

「しっかり見ていて」

マクアダムス嬢が女性の股間に向けて、右手を伸ばした。そして――。

そのまま、右手を陰部に挿入した。

女性が目を見開く。首を持ち上げて、自分の股間で何が起きているのか確認しようとする。状況を理解すると、喉の奥で唸った。本当は叫んだのだろうけれど、口にシーツを押し込まれている状況では、それも叶わない。

　マクアダムス嬢は、挿入した右手で何かを探っているようだった。その目が大きくなる。

「やるよ」

　右手がゆっくりと抜かれていく。しかし股間から出てきたのは、白く細い指だけではなかった。指が何かをつまんでいる。細いもの。マクアダムス嬢は、女性の膣内《ちつない》から何かを引っ張り出しているのだ。ビオが鋭く鳴いた。

　それは、白かった。ただし、純粋な白ではない。灰色と薄い黄土色が混ざったように濁っていた。ぬめぬめとした光沢がある。太さは、紙巻きタバコよりも少し太いくらいだろうか。しかし長さはタバコどころではない。どんどん引きずり出されていく。ようやく全体が外に出た。長さは、三十センチメートルくらいはありそうだ。先端に、肉塊のようなものがくっついている。

　全身が総毛立った。

　これか。

　これが、サトゥルヌス・リーチか。

　サトゥルヌス・リーチは環形動物らしい不気味な動きで、マクアダムス嬢の腕に絡まった。しかし彼女が嫌がっている様子はない。「わかったでしょ？」マクアダムス嬢は蛭のような生き物を腕に巻き付けたまま、こちらを向いた。「サトゥルヌス・リーチは、メスの子宮に寄生するんだ」

マクアダムス嬢はサトゥルヌス・リーチの先端に付いている肉塊をむしり取った。掌に載せて、こちらに差し出す。

「これは、その女の胎児。サトゥルヌス・リーチは子宮内膜を食べて成長する。宿主が妊娠していれば、胎児も餌になる。その方が、早く成長する」

そう言って、胎児のなれの果てをテーブルに置いた。

下腹に鉛が出現したような感覚に襲われていた。目にしているものが信じられなかった。ここは日本だぞ。日本に、こんなやつが上陸したっていうのか。

しかも、家畜だけではない。人間にも寄生する。江本が「日本の命運がかかっている」などと大げさな発言をした理由が理解できた。こんなやつが野放しになってしまったら、日本中が大パニックになる。日本に潜入したサトゥルヌス・リーチは、絶対に根絶やしにしなければならない。

そう理解すると、防疫を生業とする者の本能がうずいた。敵の正体を、正確に理解する必要がある。酒井は一歩踏み出し、より近くからサトゥルヌス・リーチを観察しようとした。そこに、鋭い声が飛んだ。

「バカッ！」

マクアダムス嬢の手に巻き付いていたサトゥルヌス・リーチが、鞭《むち》のようにこちらに向かってきた。とっさのことで、酒井は何もできなかった。

次の瞬間、目の前からサトゥルヌス・リーチが消えた。左右を見回すと、ベッドサイドにビオが降り立っていた。口に、サトゥルヌス・リーチを咥《くわ》えている。

「何やってんのよ！」

マクアダムス嬢が酒井を怒鳴りつけた。「こいつは、哺乳類の接近に反応する。メスなら膣に向かうし、オスなら攻撃してくる」

「……わかった。すまない」

鳥肌を立てながら、酒井は謝った。どうやら、ぎりぎりのところでビオに助けられたようだ。

「サンキュ、ビオ」

礼を言ったが、ビオは反応しなかった。あらためてマクアダムス嬢が、ビオからサトゥルヌス・リーチを受け取った。今度は酒井を襲わないようにか、口の方をつかんでいた。哺乳類のメスにつかまれたというのに、サトゥルヌス・リーチは股間に向かわない。まるで安心したかのように、腕に巻き付いている。

「ナイフを取ってくれる?」

「了解」デニムジャケットのポケットから、折りたたみナイフを取り出す。刃を振り出して、マクアダムス嬢に渡した。

「見せてあげる」

マクアダムス嬢は左手でサトゥルヌス・リーチを引っ張り、右腕からほどいた。そのまま地面に置く。片方の端——尾の方だろうか——を足で踏みつけ、左手で引っ張ってぴんと伸ばした。

右手のナイフで、サトゥルヌス・リーチの身体を縦方向に裂いた。ナイフの先端で探るような動きをした。刃先で何かをほじくり出した。出てきたのは、黒い、小さな粒だった。米粒の半分くらいの大きさだろうか。マクアダムス嬢の足がしっかりとサトゥルヌス・リーチを踏んでいることを確認して、顔を近づけた。くらりとするような香りが鼻をついた。

「これが、不老石」マクアダムス嬢が低い声で言った。「いい香りがするでしょ。この香りを身にまとうと官能的な魅力が増すから、古来、王族や金持ちが先を争って手に入れようとした。今でも高く売れる。でも、こいつの価値はそれだけじゃない」

マクアダムス嬢は酒井の目を覗きこんだ。「これを薬として服用すると、寿命が延びるという言い伝えがある。見た目だけじゃない。脳が活性化される。思考能力や記憶力も、若い頃のまま維持される。サトゥルヌス・リーチは、この石を体内で育てるから、不老虫と呼ばれてるんだよ」

「……」

すぐには返事ができなかった。商社は、そんな与太話《よたばなし》を信じて、危険な寄生虫を日本に入れたというのか。

「サトゥルヌス・リーチってのは、どこかの学者が勝手につけた名前でね、地元ではそんな名前、誰も知らない。不老虫っていった方が通りがいいし、わたしもそう呼んでる」

マクアダムス嬢は左右を見回した。ベッドサイドにティッシュペーパーの箱があるのを見つけ、一枚抜き出した。ティッシュペーパーをテーブルの上に広げ、不老石をその上に置いた。そしてサトゥルヌス・リーチ――不老虫に食べられた胎児を、フライパンにそっと載せた。「ふたを持って」

酒井がふたを持つと、マクアダムス嬢が不老虫をフライパンの上に載せた。酒井がすぐにふたを閉める。これで、不老虫は逃げられない。

「こいつは、まだ若い。だから卵を産んでいないと思うけど」マクアダムス嬢は女性に視線をやった。「一応、確認しておこう」

マクアダムス嬢が女性の下腹部に掌を当てた。探るように、意識を集中させる。掌は、すぐに離れた。

「大丈夫みたい。この女の身体には、もう不老虫はいない」

マクアダムス嬢が女性に何か話しかけた。少し長い言葉だったから、状況を説明したのかもしれない。しかし女性が理解していないことは明らかだった。涙と鼻水で顔をぐしゃぐしゃにして泣いている。マクアダムス嬢は女性に興味をなくしたように、テーブルに近寄った。

「火を点けて」

酒井がカセットコンロに着火した。念のため、右手でフライパンの柄を握り、左手でふたのつまみに体重をかけた。

中の温度が上がってきたのだろう。不老虫の身体から湯気が出てきた。不老虫が暴れ始めた。身をよじらせる。ふたを押さえる左手に、力が入った。不老虫の身体がフライパンの上で焼かれていく。やがて、動きを止めた。その身体がすっかり黒焦げになるまで、マクアダムス嬢は消火を認めなかった。

「もう、いいよ」

カセットコンロの火を止める。フライパンのふたを開けると、炭になった不老虫がフライパンの表面に焦げついていた。さすがに、死んでいるだろう。

「これで、不老虫は始末できた。後は、そこの女。どうするの？」

マクアダムス嬢が、冷ややかな目でこちらを見た。

女性が受けたショックは、相当なものだろう。ひょっとしたら、精神に異常を来《きた》すかもしれない。それほど衝撃的な光景だった。傍にいただけの他人である酒井がそうだったのだ。当事者である女性のダメージは、想像することすらできなかった。ひょっとしたら、マクアダムス嬢が殺害した方が、よかったのかもしれない。

それでも、自分の判断が間違っているとは思わなかった。自分は、殺さないことを選択した。だったら、この女性は、日本が護らなければならない。

「この女性を、日本政府がどう扱うかは、僕にはわからない」

酒井は正直に言った。「死んだ方がマシという状況になるかもしれない。でも、努力することはできる。今日の面談では、日本警察が同席していた。彼らに、最大限の配慮をしてもらう。それを要求する権利が、僕たちにはあるはずだ」

今度は、マクアダムス嬢がすぐに返事をしなかった。こいつ、バカかといった表情。けれどすぐに自分に対してするようにうなずいた。

「わかった。日本を信じるよ」

本心から出た科白だ。そう信じさせる響きが、彼女の言葉には、あった。

「ふうっ」マクアダムス嬢が息を吐いた。その上体がふらつく。慌てて支えようとしたけれど、彼女は自力で立っていた。掌をこちらに向けてくる。大丈夫だというように。

しかし顔色がよくない。明らかな疲労が彼女を襲っている。

「ここでの用事は済んだ」酒井はマクアダムス嬢に話しかけた。「出よう」

マクアダムス嬢が小さくうなずく。部屋を出る前に、シーツをナイフで切って、女性の拘束を解いてやった。マクアダムス嬢が話しかける。女性も、今度はなんとか返事ができた。幾度かのやり取りの後、女性が号泣し始めた。マクアダムス嬢は女性の身体を軽く抱きしめ、離れた。

「お待たせ」

二人と一頭で部屋を出た。廊下の隅に共同の給湯室があったから、そこでマクアダムス嬢が手を洗った。備えつけのたわしで、フライパンから不老虫をこすり落とした。給湯室に置いてあった、あまり清潔そうではない布巾《ふきん》で水気を取り、トートバッグにしまう。階段を降りてビルを出る。幸いにもその間、誰とも会わなかった。

「次」マクアダムス嬢はそう言ったけれど、声に張りがなくなっている。無理をさせるわけにはいかない。

「今日はおしまいにして、帰ろう」

しかしマクアダムス嬢が首を振る。「今のを、見たでしょ。あんなのが上陸したんだから、早く退治しないと」

気丈な科白に、酒井は首を振った。

「大丈夫だ。君の話だと、まだ成長しきっていない。一日くらい、どうってことはない。元々、明日から動いてもらうつもりだったし」

そして続けた。「今は、君の体調の方が心配だ」

マクアダムス嬢は驚いたようにこちらを見た。二度、瞬きする。「――ありがとう」

自分のスマートフォンで、江本にメールを打った。

『三分の一が完了。宿主は、生きています。明日から残りを片づけます』

返信は、すぐに来た。

『ご苦労。詳細は後日報告してくれ』

酒井は『了解しました』と返信した。それから、有原から預かった携帯電話を取り出した。電話帳を開く。有原は、宿主を捜す刑事を、若木と戸倉と言った。若木が先で戸倉が後ということは、若木の方が階級が高いと想像できる。案の定、若木の名前には「警部補」とあり、戸倉の方は階級が書かれていなかった。平刑事ということだろう。

酒井は若木の方に電話をかけた。二コール待って、回線がつながった。

『はい』

「若木警部補ですか？　農林水産省の酒井と申します」

すべて承知しているのだろう。戸惑いなく、若木が答える。『お世話になっております』

酒井は、不老虫の一匹を始末したことを報告した。そしてビルの住所を伝える。

「宿主となった女性は、まだ部屋の中にいます。詳しい事情は聞いていませんが、明らかに被害者です。相当な精神的ダメージを受けています。警視庁さんでも、それなりの対応をお願いします」

『――善処します』

若木は短く答えた。彼の立場では、そう言うしかない。それは理解しているから、どう善処するのかなどと突っ込まずに、くり返し「お願いします」と言って、電話を切った。

UDXビルに戻る。リモコンキーで車のロックを外した。マクアダムス嬢は、後部座席でなく助手席に座った。ビオは後部座席に陣取った。心なしか、ビオもまた、疲弊しているように見えた。

酒井は愛車のエンジンをかけた。

「ホテルに帰ろう」

「うん」

出口で駐車料金を払い、しっかりと領収書をもらう。車を路上に出した。

「マクアダムスさん」

酒井が話しかけた。マクアダムス嬢が前を見たまま口を開く。

「ジャッキーでいいよ」

「えっ？」

「ジャカランダだから、ジャッキー。友だちは、みんなそう呼ぶ。あなた、ファーストネームは？」

「恭平」

「わかった。それで、キョーヘイ。何？」

「うん」

続いて「ジャッキー」と呼ぼうとして、妙に抵抗を覚えた。頭の中で理由を探す。そうだ。ニューヨークに留学しているとき、同期生にジャッキーと呼ばれる女子学生がいたんだ。身体も声も大きい、ややデリカシーに欠けた人物だった。ジャッキーという呼び名が、自然と彼女を思い起こさせるのだ。個人的には、マクアダムス嬢はジャッキーというイメージじゃない。

では、どうなのか。酒井は、青紫色の花びらを思い出した。

「ジャカランダ」

酒井はそう呼びかけた。マクアダムス嬢がきょとんとする。

「なんとなく、君は『ジャッキー』よりも『ジャカランダ』の方が合っている気がする。だから僕は、君のことをジャカランダと呼びたい」

マクアダムス嬢――ジャカランダは、数秒無言だった。そしてくすりと笑う。

「あなたって、本当に変わってるのね。それで、用件は？」

「疲れているときに申し訳ないけど、いくつか確認をしたい。まず、サトゥルヌス・リーチって名前のこと」酒井は言った。「由来は、胎児を食べるから？」

「そう。ゴヤだっけ。『我が子を食らうサトゥルヌス』っていう絵。最初に種を同定した研究者が、子供を食べるからって名付けたらしい。もっとも妊娠は寄生の必要条件じゃないし、我が子を食べてるわけでもないから、微妙に間違っているんだけど。命名者は、あまり気にしなかったみたいだね」

「やっぱり、そうか」酒井は続けた。「もうひとつ。君は、あの女性と話をしていた。何を話したんだ？」

ジャカランダは、宿主の女性と話をしていた。というか、話ができた。同じ言葉を話せたのだ。

「どうやって日本に来たのか、訊いたんだ」

ジャカランダが苦いものを口に含んだような表情で答えた。

「あの子は、ベトナム人。北の方の出身だね。地元では仕事がないから、ハノイに出て働いていた。そこに、日本政府の役人が現れたらしい。日本とベトナムの経済協力の一環として、日本がベトナムの労働者を一定数受け入れることにしたと、役人は言った。特に、あなたのように妊娠していたり幼子を抱えている女性を、優先的に招待したいって。日本は今、女性が活躍できる社会を作っている最中だから、あなたのような女性が活躍してくれれば、日本にとって大きなプラスだと」

まったく信じていない、ジャカランダの口調。

「おいしい話だよね。彼女たちにとって、日本はお金持ちの国。学も技術もない自分がそこで働ければ、両親への仕送りもできる。だからふたつ返事で了承した」

ジャカランダがこちらを見た。「そんな話、知ってる？」

「うちの省のテリトリーじゃない」

酒井はそう答えた。「外務省か、経済産業省か、厚生労働省かわからないけど、少なくとも、そんな話は聞いたことがない」

「でしょうね」ジャカランダは小さく息をついた。

「手続は、全部日本政府の役人がやってくれた。自分はベトナムから飛行機で日本に入って、一時的にこの部屋で待機するように言われただけだって。勝手にいなくなると在留資格を失うから、この部屋でじっとしていてくれと」

「なるほど」疑問のひとつが解消した。「だから、監禁しなかったのか」

商社の立場を考えると、あの部屋は、妙に警戒心が薄いように感じられた。外部からの侵入者の問題ではない。おそらくは、外部の人間が入り込む可能性よりも、せっかく日本に入れた宿主が勝手にいなくなってしまうことを警戒したはずだ。

だから虚偽のストーリーを創りあげた。部屋から出ると、金儲けのチャンスを失うよ、と。信じた女性は、外に出ることもなく、ただ『役人』の連絡を待った。

あの部屋が一時的に借りているものなら、勝手に鍵をいじるわけにはいかない。逃げ出さないよう、閉じ込めることができないのだ。改造してしまうと、後で貸主との間でトラブルになり、そこから自分たちの計画が発覚してしまうかもしれない。

いや、それ以前に、事務所にはトイレがない。雑居ビルの共同トイレを使うしかない。部屋の外に出さないわけには、いかないのだ。

しかし宿主が自分から出たがらないように仕向ければ、特に工夫は必要ない。本当は見張り役がずっと一緒にいればいいのだろうけれど、哺乳類を見れば襲ってくる寄生虫とは、誰も一緒にいたくないだろう。

酒井がそう説明すると、ジャカランダはうなずいた。

「いいセンだね。宿主の状態と不老虫の生育については、よくわかっていない。生息域から出た不老虫がどのような挙動を取るのかも、データがない。宿主が拉致監禁されたとか、極度の緊張状態に置かれたときに、胎内の不老虫がどんな挙動を示すかも。成長に向かない環境だといって、不老石を作らなかったり、今の宿主から逃げ出されたらまずい。だから宿主をリラックスさせる必要があった。そんな制約が、宿主を中途半端な状態に置いた理由かもしれない」

賛成できる意見だった。と同時に、何も知らない女性を騙《だま》した商社に、強い怒りを覚えていた。不老石を入手するのにどんなご立派な目的があるのか知らないけれど、やっていることは最低だ。決して、許すことはできない。

「それに関連してだけど」酒井は続けた。「君は、不老石をテーブルに置いて、不老虫と一緒に焼こうとはしなかった。あれは、なぜ？」

ほんの少しの間を置いて、ジャカランダが口を開いた。「わからない？」

「メッセージだね」酒井はすぐに答えた。自分の仮説を確かめるための質問だったからだ。

「商社が欲しいのは不老石であって、不老虫そのものじゃない可能性が高い。だったら不老石はくれてやるから、人間を傷つけるなと」

「正解」

ジャカランダは口元だけで笑った。「普段のわたしなら、こんな判断はしない。日本政府との約束でも、不老石は始末することになっていた。でも、キョーヘイ。あなたは、宿主のことを真っ先に考えた。あの女は、不老虫の宿主である以前に、人間なのだと。わたしたちが不老石を奪ってしまえば、残る二人の宿主が、どんな目に遭うかわからない。だから、わかりやすいメッセージを残したんだ」

「………」

酒井はすぐに返事ができなかった。あのとき、そこまで考えて行動していたのか。恥ずかしながら自分の行動は、深謀遠慮に基づいたものではなかった。

一瞬「自分の意図を理解してくれたのか」と見栄を張ろうとした。しかし彼女に、そんな薄っぺらな見栄は通用しないこともわかっていた。だから素直に告白した。

「配慮に感謝する。僕一人だったら、そんな行動は取れなかった」

訊きたいことはまだまだあるけれど、彼女は疲れている。それに、もうすぐホテルに着いてしまう。

「最後にひとつ。僕は、上司から君のことを、サトゥルヌス・リーチの専門家と聞いていた。だから僕は、君のことを寄生虫の研究者だと思い込んでいた。でも、今日の君の行動を見ていると、君は専門家であっても、研究者じゃない。むしろ、ハンターだ」

「わかってるじゃない」

ジャカランダが簡単に答えた。「わたしは、不老虫を退治するために呼ばれたんだよ。あいつらを始末するのに、わたしとビオ以上の存在は、世界中どこを捜してもいない」

自慢に聞こえる科白だけれど、実際に聞いた者なら額面どおり受け取ることはないだろう。それくらい、彼女の科白は自嘲に満ちていた。

ジャカランダ・マクアダムス。

二十歳ばかりに見える、アジア系アメリカ人。美人ということ以外、取り立てて目立つようなところはない。でも、不思議な能力を持っていることは間違いない。

不老虫が近くにいれば、察知できる。

不老虫を直接手に持っていても、襲われない。

酒井は、不老虫がこちらに向かってきたときのことを思い出していた。相手がオスなら攻撃してくる、とジャカランダは言っていた。具体的にどのような攻撃を仕掛けてくるのかは、わからない。しかし人間の目で捉えられないほどのスピードで襲ってきた。ビオがいなければ、いったいどうなっていたのか。

それほど剣呑《けんのん》な生き物であるにもかかわらず、ジャカランダは襲われなかった。むしろ、なついているようにさえ見えた。相手が油断しきっているのであれば、始末するのはたやすい。あのような忌《い》まわしい生物になつかれる。彼女は自分の能力を自覚しているからこそ、自嘲的な自慢をしたのだ。

なぜ、彼女がそのような能力を持っているのか。いずれ訊かなければならないだろう。しかし今じゃない。彼女を襲っている疲労は、長旅や時差ボケだけが原因じゃない。なぜかはわからないけれど、不老虫を退治することは、彼女にとってきつい作業なのだ。休んでもらわなければ。

これほど危険な寄生虫が生きて日本にいるのだ。警視庁が大量の人員を投入して、ローラー作戦で見つけだせないのか。そんなふうに考えてしまう。しかし東京にいる何万人だか何十万人だかの外国人女性の中から、たった二人を特定することは、現実的に不可能だ。顔も名前もわからない。しかも、不老虫は胎内にいる。外見からは見つけられない。彼女しかいないのだ。

ホテルに到着した。ビオにケージに入ってもらって、車を降りる。今度は、部屋までは入らない。送るのは、宿泊客だけが操作できるエレベーターの前までだ。

「冷蔵庫のミニバーでもルームサービスでも、なんでも利用してくれ。明日の迎えは、何時ごろがいい？」

「そうだね」スマートフォンで時刻を確認する。もう、午後十時を過ぎている。「八時半くらいかな」

「九時半にしよう。明日は土曜日だけど、通勤時間帯は道路が混んでいる。外した方がいい」

合理的な判断だけれど、彼女は気遣いと思ったようだ。薄く微笑《ほほえ》んだ。「ありがと」

「ロビーに着いたら電話するから、降りてきて」

「わかった」

エレベーターのドアが開いた。宿泊客が降りてくる。入れ替わって、ジャカランダがエレベーターに入った。

「じゃあ、明日」

「おやすみ。ビオも」

ドアが閉まった。

マンションにたどり着いたとき、妹はまだ起きていた。

「ただいま」

「あら、お帰り」

妹——夏乃《なつの》はキッチンでミルクを温めているところだった。電子レンジがチンと軽い音を立て、夏乃が中からカップを取り出す。

「なんだか、疲れてるね」兄の顔を覗きこむ。「お客さんの接待だったんでしょ？　大変だったの？」

「接待というか、なんというか」曖昧《あいまい》に答えた。「相手をさせられたのは、間違いない。でも飲み会じゃないよ。ずっと仕事だった」

「この時間まで？」夏乃が目を丸くした。「やっぱり、官僚は大変だね」

どんな仕事かは、訊いてこなかった。霞が関で働く兄の仕事が、国家機密を扱うものだと理解しているからだ。「ビール、飲む？」

「うん」

「晩ごはんは？」

「食べた」

「わかった」夏乃はそう言って、食料庫を漁《あさ》った。ドライソーセージが出てきた。ケーシングを剝いて、包丁でスライスする。皿に載せた。冷蔵庫から缶ビールを出して、ドライソーセージの皿と共にダイニングテーブルに運んだ。「はい」

「サンキュ」

酒井は洗面所で手を洗い、スーツ姿のままテーブルに着いた。上着を脱いで椅子の背もたれに載せた。「もーっ、ちゃんとハンガーに掛けてよ」という夏乃の文句を聞き流して、ネクタイを緩める。缶ビールを開栓して、ひと口飲む。冷たい刺激が喉に浸《し》みた。

このマンションは、父が購入したものだ。一家四人で住んでいたけれど、酒井が就職するタイミングで、父が札幌に赴任することになった。母は父についていき、子供二人が留守を守る形で住んでいるのだ。

「明日からは、直行直帰だ」

ドライソーセージを噛みながら、酒井は言った。夏乃が目を丸くする。

「明日も出勤なの？　土曜日なのに？」

「仕事だから、仕方がない。朝めしは適当に食っていくから、朝は寝てていいよ」

「それは助かるけど、恭平、お弁当は？」

夏乃は、兄である自分に対して「恭平」と呼び捨てにする。夏乃が生まれてから今日まで、「お兄ちゃん」などと呼ばれたことはない。妹幻想を持つ男性方には申し訳ないけれど、妹なんて、そんなものだ。

酒井は首を振った。

「いや、お客さんと一緒に食べることになるから、外食するよ。同じく、晩めしも要らない」

「わかった。じゃあ、お互い、勝手にするってことで。ひょっとして、日曜も？」

「たぶん」

それだけ答えた。

ずずず、と音を立ててホットミルクを飲む妹を見ながら、酒井は声をかけた。

「仕事には、慣れたのか？」

夏乃はニッと笑った。

「すっかり。上司や先輩ともうまくやってるよ。入居者の皆さんとも仲良くなったし」

夏乃は、この春大学を卒業して、商社に就職した。

その会社は、新入社員に現場経験を積ませることが重要だと考えているらしい。新入社員を子会社の現場に放り込んで、最低でも一年間、長くて三年間、最前線で仕事を覚えさせるシステムを採っている。不慣れな新人の教育係を押しつけられて、仕事を覚えたら親会社に取られる子会社もたまったものではないけれど、部外者がどうこう言うことではない。

夏乃が配属されたのは、子会社が運営している介護付き有料老人ホームだ。もっとも介護士の資格を持っているわけではないから、事務室でホームの運営そのものに携わっている。

就職した商社はロボット開発も手がけているから、本人としてはそちらの仕事に就きたかったようだけれど、会社の決定に異を唱えることはできない。それに、仕事といえども、やはり住めば都だ。最初は不満を口にしていたけれど、今は楽しそうに出勤している。この順応性の高さは、夏乃の強みだと思う。

「無理しないようにな」

兄として心配した科白だけれど、言われた方は一笑した。

「そんな、へろへろ顔の人に言われても、説得力ないよ」

「それもそうか」

二人で笑った。ミルクを飲み干した夏乃が立ち上がる。

「先に寝るね。明日もお客さんの相手なら、飲みすぎちゃダメだよ」

普段はあまり言わない科白だ。相当ストレスのかかる仕事をしていると見当をつけたのだろう。さすがは、我が妹。鋭い観察眼を持っている。しかし兄貴としては、素直に認めるわけにはいかない。

「大丈夫だよ。それほど飲むつもりもない」

額面どおりに受け取ったわけではなさそうだけれど、夏乃はそれ以上突っ込んではこなかった。「おやすみ」と言ってダイニングキッチンを出る。

酒井は缶ビールを飲み干した。壁の掛け時計を見る。ちょうど日付が変わるところだ。明日は新宿に九時半。道路の渋滞を考えると、八時半くらいに家を出ればいいだろう。とすると、もう少し飲めるな。

ドライソーセージはまだ残っている。戸棚を開けて、コーンウィスキーのボトルを取り出した。自分の酒量はわかっている。大きめのグラスに氷を入れ、明日に残らない程度のウィスキーを注いだ。

コーンウィスキーをひと口飲む。

「不老虫か……」

ひとり呟く。

思い出しただけで鳥肌が立つ、忌まわしい生き物。日本国内での蔓延《まんえん》は、なんとしても防がなければならない。

だから最初の一匹は焼き殺した。正しい処置だと思う。けれど今後のことを考えたら、少なくとも一匹は生かしたまま捕らえて、研究に役立てた方がいいのではないだろうか。商社は不老石の方に関心があるようだけれど、自分は不老不死など信じてはいない。重要なのは、不老石を作り出す生き物の方だ。生きたまま捕らえて、心当たりの大学に持っていけば、その研究成果が今後の防疫に役立つのではないか。そんなふうに考えてしまう。

しかし、実際に目《ま》の当たりにした不老虫は、そんなムシのいい思惑を打ち砕くインパクトを持っていた。あれは、見つけ次第、滅ぼしてしまわなければならないものだ。研究用のサンプルが必要なら、ベトナムだかラオスだかに行って採取すればいい。

ジャカランダと行動を共にしていたときに抱いた疑問が甦る。

商社は、どうして現地で不老石を採取して、不老石だけを日本に持ち込まなかったのだろう。小さい石なら、簡単に持ち込むことができる。成田空港にビオが常駐していれば見抜くことができるかもしれないけれど、現実はそうじゃない。それなのに、連中はわざわざ人間の女性に寄生させた後、その女性を日本に入国させるという、酒井の感覚では迂遠な方法を取っている。

ジャカランダなら、その理由を推測できるかもしれない。だったら、明日訊けばいいことだ。

酒井はウィスキーを飲み干した。ドライソーセージの皿も空になっている。もう、寝よう。

歯を磨きながら、自分が眠れるか、自信が持てなかった。今日は色々ありすぎた。

おそらくは、自分が今まで見たものの中で、トップクラスに美しいジャカランダ。おそらくは、自分が今まで見たものの中で、トップクラスにおぞましい不老虫。真逆の存在なのに、それぞれがお互いを疎《うと》ましく思っていない。不老虫そのものの存在よりも、ジャカランダとの関わりが、酒井を混乱させている。

ワイシャツを脱いだ。シャワーは、明日の朝にしよう。下着姿でベッドに転がる。

明日はまた、ジャカランダと一緒に寄生虫狩りだ。

第三章　土曜日

こんなのでいいのかな。

磯子商事営業部第十三営業課の葉山哲久は、ハンバーガーショップの紙袋を手に、中央通りを歩いていた。

午前七時二十分。葉山は、来訪者に朝食を届けに行くところだ。ハノイにもハンバーガーショップはあるけれど、社会の底辺で暮らしている人間が利用しているかは疑問だ。しかし外食に連れ出せない以上、ハンバーガーは手っ取り早い選択だ。モーニングセットとして、ハンバーガーとポテト、それにオレンジジュースが入っている。

まあ、大丈夫だろう。昨晩は、コンビニエンスストアの幕の内弁当と、ペットボトルの緑茶を振る舞った。みんな、けっこうおいしそうに食べていたではないか。彼女たちは、日本風の弁当など食べたことがないに違いない。それでも食べたのだから、ハンバーガーもおいしく食べてくれるはずだ。

上司の前川課長からは、日本に入国させた三人の面倒を見るように言われている。理由は簡単。自分があの国の言葉を話せるからだ。

正直に言って、寄生虫に感染した人間の傍になんて、いたくない。遠巻きにしてとはいえ、自分は不老虫が寄生したその瞬間を見ているのだ。

宿主に選んだ女性たちは、地方から大都市に出稼ぎに出てきた女性だ。近くに身寄りがおらず、金に困っている。そんな女性を設備の整ったホテルに宿泊させ、睡眠薬で眠らせている間に、ベッドに不老虫を放った。不老虫はメスの気配を感じ取り、気持ちの悪い動きで女性の股間に入り込んだ。女性は、自分の子宮に寄生虫が入り込んだことに、気づかなかった。

一生思い出したくない、けれど一生忘れられない、おぞましい経験。あんな生き物には、決して近づきたくない。

しかし前川の命令は絶対だ。胎内にいるうちは他の人間を襲わないという、古老の話を信じるしかない。

ラコ。

オーモ。

コニ。

現地でスカウティングして、日本に連れてきた女性たちだ。本名かどうかは、わからない。少なくとも自分ではそう名乗っていたし、周囲からもそう呼ばれていた。だから、それでいい。

まずは、ラコからだ。

安全のため、三人は別々の場所に滞在させている。万が一、当局が嗅ぎつけて乗り込んできたときに、三人一緒にいたら一網打尽にされてしまう。そうならないための危機管理だ。

ラコは、中央通りから二ブロックほど離れた雑居ビルに隠している。

「ホテルは、ダメだ」

前川は、葉山に対してそう言った。

「外国人が観光するでもなく働くでもなく、ずっとホテルの部屋にいたら、従業員が怪しむ。ホテルを転々としたら、宿主の方が怪しむ。アパートやマンションも、隣人の目が気になる。雑居ビルの、空き事務所を使った方がいい」

葉山が押さえたのが、まさにそのような事務所だった。セキュリティも何もないオンボロビルだけれど、だからこそ、隠すのには最適だ。本人にも、手続が済むまでの仮住まいと説明しているから、まったく疑われていないし。

その雑居ビルにたどり着いた。軽快な足取りで階段を上がる。ラコがいる事務所の前に立った。一応ノックするけれど、返事が聞こえる前に、ドアノブの鍵穴に鍵を差し込んだ。回す。

——えっ？

強烈な違和感が葉山を襲った。

普通は、鍵が開くときにはカチリという音がする。同時に、金属を動かす感覚が指先に伝わる。それなのに今、鍵は空転した。

ドアノブを握って回す。ドアノブは簡単に回り、ドアが開いた。

どういうことだ？

わからないまま、ドアを大きく開ける。

頬に鳥肌が立つのを感じた。鍵が開いていた？

まさか、ラコが出て行ったのか？

いや待て。単にトイレに行った可能性もある。落ち着け。落ち着いて対処するんだ。

急いで中に入る。殺風景な部屋を確認すると、ベッドにうずくまる人影があった。ラコだ。ふうっと息を吐いた。よかった。逃げ出してはいなかった。

葉山は紙袋を目の高さに上げた。

「おはよう。朝飯を持ってきたぞ」

声をかける。ラコがのろのろと顔を上げた。そして葉山を見た途端、表情が変わった。

なんだ？

そう疑問に思っている暇はなかった。ラコが、唸り声をあげて飛びかかってきたからだ。

「わわっ！」

なんとか後ろに倒れずに済んだけれど、手から紙袋が落ちた。紙コップからオレンジジュースがこぼれたらしく、紙袋を濡らしていく。しかし気にしている場合ではない。ラコが両手を葉山の頬に当てて、爪を立ててきたからだ。

「よくも！　よくもっ！」

喉から絞り出すような声で叫びながら、爪を食い込ませてくる。頬に強い痛みが走った。

ラコは、それなりに可愛らしい顔だちをしている。その顔が醜く歪んでいた。涙と鼻水を流しながら、唾を飛ばして葉山を罵《ののし》っている。

葉山はラコの両手首をつかんだ。力尽くで引き剥がし、床に転がす。そのまま腹を踏みつけようとしたけれど、なんとか思い留まる。ラコの子宮には、不老虫がいる。女はどうでもいい。自分たちにとっては不老虫が大切なのだ。腹を踏みつけることで不老虫が死んでしまったら、目も当てられない。

ラコが起き上がる前に、肩を踏んだ。怪我をしない程度に、体重をかける。これで、ラコは起き上がれない。肩を踏んだ足は、攻撃されにくくもある。動けなくなったラコに、葉山は訊いた。

「どうした？」

大声を出さなかったのは、まだ自分に理性が残っている証拠だ。ラコがまだ暴れようとするから、足にもう一段体重をかける。ラコの顔が苦痛に歪んだ。

「どうした？」

葉山はもう一度訊いた。ラコは血走った目で、床から葉山を睨みつけた。

「あんなっ！　ものをっ！　よくもっ！」

切れ切れに叫ぶ。

——あんなものをよくも？

まさか、この女、不老虫のことを知っている？

「あんた、まさか」喉につっかえるような声で、葉山は言った。「あれが、出てきたのか？」

「そうよっ！」

ラコは葉山の足首に爪を立てた。軽い痛みが走ったけれど、靴下越しだから、たいしたことはない。それよりも、大きな問題がある。不老虫が出てきたということは、それだけ成長したことを意味する。つまり、この部屋に不老虫が潜んでいる？

今度こそ、全身に鳥肌が立った。

「うわわっ！」

葉山はラコから足を外して、一目散に出入口に向かった。外に出て、ドアを閉める。鍵をかけた。慌てて自らの身体を探る。どこかに、不老虫は付着していないか。いない。

葉山はドアに背中をつけて、全身で息を吐いた。そのままずり落ち、床にへたり込んだ。わずか数分のことなのに、強い疲労感が葉山を襲っていた。不老虫への恐怖が、今日一日の体力を奪ってしまったかのようだ。

スーツの内ポケットから、スマートフォンを取り出す。前川に電話をかけた。二コールで回線がつながる。『どうした？』

着信表示で葉山からの電話だとわかるから、挨拶抜きで本題に入った。

「今、ラコのところにいますが」

どう言えばいいのか迷ったけれど、正直に伝えることにした。「不老虫が出てきたようです」

『なに？』

前川の声が高くなる。『すぐに行く』

電話が切られた。そのまま手に持ったスマートフォンで時刻を確認する。午前七時三十二分。今日は土曜日だ。いくら前川が筋金入りのワーカーホリックだからといって、さすがに休日のこの時間から仕事をしてはいないだろう。ある程度の時間、待つ覚悟をしなければ。

葉山は、ドアを背にしたまま、前川を待った。幸いと言うべきか、ラコは脱出しようとドアを叩いたりしていない。

前川が現れたのは、電話が切られてから二十五分後だった。驚くべき速さだ。何事にも準備万端な前川のことだ。宿主がいるうちは、秋葉原近くにホテルを取っていたのかもしれない。

「説明しろ」

上司の問いかけに、葉山は立ち上がって事務所に入ってから出るまでの出来事を詳細に説明した。前川は黙って聞いていた。

「ふむ」葉山が話し終えると、前川はわずかに眉間《みけん》にしわを寄せた。

「ラコから出てきた不老虫が、事務所のどこかに隠れているかもしれない。そういうわけだな」

「はい」

「だったら、すぐさま逃げたお前の判断は正しい。とはいえ、妙ではある」

言っている意味がわからない。「妙、ですか」

「ああ」前川は、ドアにはめられた磨りガラスに、視線をやった。「不老虫が成長すると、宿主は体調を崩すと聞いている。昨日まで、ラコは普通だった。体調が悪そうにしていたのは、むしろオーモとコニの方だった。それなのに、ラコが最初だってのが、気になる」

前川がドアノブを指さした。「ドアを開けてくれ」

「えっ」不老虫がいるかもしれない部屋に入るというのか？

葉山はためらった。一秒あるかどうかの逡巡だったが、前川は葉山の弱気を感じ取ったようだ。大きな掌をこちらに向けた。

「嫌なら、いい。鍵を貸せ」

鍵を渡してしまった方が楽なのはわかっている。しかしそうすると、前川は自分を見限るだろう。そして閑職に回され、一生出世は望めない。それは嫌だ。

「開けます」

葉山はドアノブに鍵を差し込んだ。回す。今度はカチリと音がして、解錠された。

ドアを開けて、前川が中に入る。ためらう様子はなかった。こういうとき、前川は部下をカナリアとして使わない。後を、怖々《こわごわ》ついていく。

ラコは、またベッドの上でうずくまっていた。前川の気配に顔を上げる。また般若《はんにゃ》の顔になったけれど、再び襲いかかる元気はないようだった。

前川は、ラコから距離を取って話しかけた。

「ラコさん。どうしましたか?」

葉山より、ずっとていねいな話し方だ。

前川は言語マニアらしく、いったい何カ国語話せるのか、見当がつかない。少なくとも、国連安全保障理事会の常任理事国の人間とは、不自由なく話せる。確認したことはないけれど、ひょっとしたらASEAN十カ国の首脳会談もいけるのではないかと、葉山は想像している。

一度爆発したためか、ラコには多少の理性が戻っているようだ。前川が辛抱強く問い続けた結果、何があったか、ぽつりぽつりと話し始めた。

昨晩、男女二人連れがやってきたこと。

自分をナイフで脅し、拘束したこと。

女が自分の股間に手を突っ込み、ミミズか蛭のようなものを引っ張り出したこと。

「引っ張り出した」前川が喉の奥で唸った。「それで、侵入者はそいつをどうしましたか？」

「焼いた」

意味がわからない。幾度かのやり取りで、なんとか何が起こったのか理解できた。侵入者たちはガスコンロとフライパンを持ち込んで、不老虫を焼いてしまったのだ。

前川は腕組みをした。

「それが本当なら、少なくともこの部屋に、生きた不老虫が隠れていることはない」

ごつい上司は細い部下を見た。「よかったな、葉山」

少しだけからかう響きがあった。葉山は赤面する。いもしない不老虫の影に怯《おび》えて逃げ出したことになるからだ。前川は葉山の肩を叩いた。

「気にするな。正しい判断だと言っただろう」

そして真面目な顔に戻る。「焼いた、か……」

前川が復唱した理由はわかる。侵入者は、不老虫を奪う目的ではなかったということだ。

いや待て。

「ラコ。ひょっとして、侵入者はミミズみたいなやつの腹を、ナイフか何かで裂かなかったか？」

ラコはうなずいた。「やってた」

やっぱり。侵入者たちは、不老石を奪っていったのだ。前川を見る。前川は顔をしかめていたが、それは貴重な品を奪われたからではなく、腑に落ちないことがあるためのように思えた。

「なぜ、焼いたんだ？」

「えっ？」

前川は、部下の顔を見ずに続けた。「侵入者の目的が不老石を奪うことなら、不老虫から取り出したら、そのまま石だけ持って逃げればいい。どうして、虫をわざわざ焼いたんだ？　嵩張《かさば》るコンロまで持ち込んで。俺なら、そんなことはしない」

前川は部屋の中を見回した。その視線が、一点に止まる。前川は視線に向かって歩きだした。テーブルの前で足を止める。テーブルの上にはティッシュペーパーが一枚広げられていた。その上に、黒い点のようなものが見える。前川は、黒い点に手を伸ばした。正確には、人差し指を。

人差し指をティッシュペーパーの表面に押しつけ、そっと持ち上げた。手首を返して、人差し指を見つめる。葉山も近づいた。前川の人差し指には、黒い砂粒のようなものがついていた。前川が人差し指を鼻に近づける。その目が見開かれた。「これは……」

前川が人差し指を葉山に向けた。匂いを嗅げということだろう。鼻息で砂粒を飛ばしてしまわないよう気をつけながら、そっと匂いを嗅いだ。途端に、くらりとするような芳香が鼻をついた。息を大きく吐き出しそうになり、慌てて顔を背けた。

「前川課長、これは……」

「不老石だ」

前川は不老石をティッシュペーパーの上に戻した。そしてティッシュペーパーごと、丁寧に折りたたんだ。胸ポケットにしまう。

「侵入者は、不老虫を殺したのに、不老石は残していったのか……」

前川が自らの顎をつまんだ。考え込むときの仕草だ。

「というか、わざわざ不老石を取り出してから殺している。ただ殺すだけが目的なら、不老石ごと焼くはずだ。それなのに、なぜ……」

そのまましばらく黙考していた。こんなときは、話しかけない方がいい。黙って、次の行動を待った。

前川の目が見開かれた。顎から指を外す。「そういうことか」

胸ポケットに手を当てる。「でも、そんなわけにはいかないんだよ」

独り言のように呟き、目の焦点を現実に戻す。

「オーモとコニの様子を見に行くぞ。途中で、朝飯を買え――いや」

床に視線を落とした。そこには、ハンバーガーショップの紙袋が落ちている。こぼれたオレンジジュースが紙袋を通して、小さな水たまりを作っていた。

「ラコさん」前川がベッドのラコに話しかけた。ラコがのろのろと顔を上げる。

「あなたに何が起きたのか、私たちにはわかりません。身体からミミズのようなものが出てきたというのも、ちょっと信じがたい話です。でも、あなたが体験したというのなら、本当のことなのでしょう」

優しげな顔で続ける。

「あなたが侵入者にひどいことをされたというのは、日本政府として許すことはできません。警察に捜査してもらいます。温かいごはんを買ってきますから、今日はゆっくり休んでください」

ラコの目に戸惑いの色が浮かんだ。侵入者に何を吹き込まれたのか知らないけれど、ラコは不老虫が自分たちの仕業《しわざ》だと信じて疑わなかった。それなのに前川がぬけぬけと否定してみせたものだから、混乱しているのだ。

前川はポケットから財布を出し、千円札を一枚抜いた。葉山に差し出す。

「コンビニで弁当を買ってきてくれ。ちゃんと温めてもらえよ。俺は、オーモの様子を見に行く。お前はラコに弁当を渡したら、コニの方に行け」

「わかりました」

不老石を手に入れた以上、もうラコは用済みだ。放っておいてもいいのだけれど、前川はそうするつもりはないようだ。釈然としないものを感じながら、千円札を受け取った。ビルを出る。

コンビニエンスストアへ向かう途中で、ふと気づいた。

そうか。言葉もわからない異国で放置したら、ラコはきっと何か問題を起こす。警察が出てきたとき、彼女が持っているパスポートが調べられるだろう。パスポートは、ベトナム政府が発行した正式なものだ。しかし発行に必要な書類まで正式だったかどうかは、別の話だ。現地の業者に任せたからだ。日本警察とベトナム警察が協力して業者が摘発され、そこから磯子商事にたどり着く可能性は、ゼロではない。その場合でも「悪徳業者とは知らなかった」と言い抜けられるけれど、わざわざリスクを背負うことはない。ラコには「日本で仕事をすることはできなくなった」と話して、いくばくかの金――彼女の金銭感覚ではかなりの大金――を握らせてベトナムに帰す方がいいのだ。

ダメだな。

葉山は心の中で頭を振った。前川は、状況の変化にすぐに対応できる。自分はまだ、そこまでできない。せっかく第十三営業課という、社内でも特殊な部署に配属されたのだ。

ここでの経験は、同期や先輩後輩に差をつける武器になる。前川の仕事術を盗んで、早く一本立ちしなければ。

コンビニエンスストアでは、とんかつ弁当を買った。朝食からとんかつというのも重いけれど、前川のラコに対する態度から、ちょっと豪華なものを用意した方がいいと思ったのだ。それから、ペットボトルのウーロン茶もつける。冷えていないものだ。最近のコンビニエンスストアでは、飲料を常温のまま売っている店がある。アジアの人間は、冷えた飲み物を好まないから、ありがたい。

事務所に戻って、ラコに渡す。前川を見習って、いたわりの言葉をかけ、事務所を出た。鍵を閉める。

前川の指示どおり、コニの様子を見に行かなければ。

侵入者は、いったい何者なんだろうか。警察だったら、ラコを保護するだろう。不老石を狙ったわけでもない。今ひとつ、素性と目的が読めない。

コニもまた、秋葉原界隈にいる。歩いて行ける距離だ。そちらの方に足を向けようとしたら、スマートフォンが鳴った。液晶画面を見ると、前川からだった。通話ボタンを押す。

「はい」

『今、どこだ？』

「事務所を出たところです。今から向かいます」

『行くな』

「えっ？」

『つけられている』

前川は短く言った。反射的に身を硬くする。周囲を見回したい誘惑に、かろうじて耐えた。

『おまえもつけられている可能性が高い。いいか。まっすぐに行くな。一度、タクシーで秋葉原を離れろ。最低でも三台乗り継いで、秋葉原に戻れ』

「……わかりました」

電話を切る。侵入者の次は、尾行者だって？　自分たちは、いったい何に巻き込まれているのか。いや、逆だ。いったい何を巻き込んでしまったのか。

尾行されているとすれば、会社にも行かない方がいい。指示どおり、タクシーを拾って秋葉原を離れよう。

葉山は頭の中でルートを組み立てた。大きなデパートかショッピングセンターをぐるぐる歩いた方が、尾行を振り切りやすい。まずは、渋谷だ。出入口のたくさんあるショッピングビルを経由して、次は品川へ行く。そこから新宿に移動して、最後に秋葉原に戻ろう。

たとえ相手が一人でも、きちんと尾行しようとすれば、ある程度の人数が必要だと聞いたことがある。相手がどれだけの動員をしているか知らないけれど、自分と前川は二手に分かれている。一人にかけられる人数も半減するから、うまくいくのではないか。

蔵前橋通りまで歩いて、タクシーを拾う。渋谷駅まで行ってもらうよう運転手に告げて、シートに身を沈めた。

前川はどうしているだろう。スマートフォンを取り出した。前川に電話をかける。

『どうだ？』

「タクシーに乗りました。課長はいかがですか？」

『同じだ。さっきとは状況が変わった。予定を変更して、別の場所でひとまず合流する。最終目的地を錦糸町にしてくれ。ホテル・アンダー・ザ・ツリーの喫茶室だ。十時過ぎまで引っ張れ』

「わかりました」

ラコの居場所を突き止めて、不老虫を始末した連中だ。オーモやコニも、すでに同じ目に遭っているかもしれない。一秒でも早く確認に行きたいところだけれど、尾行がついている以上、危険すぎる。

まずは、自分の身の安全を確保すること。

第十三営業課に配属されて以来、前川からくり返し教わったことだ。

——侵入者と尾行者、か。

葉山は目を閉じた。前川は、連中の狙いに見当がついているようだけれど、自分にはさっぱりわからない。

いったい、何がしたくて不老虫を殺したんだ？

＊

午前九時二十八分。

酒井恭平はガルフ新宿のロビーにいた。

今朝は、本省に寄らずに、自宅から直接やってきた。道路の渋滞を見越して早めに出たら、午前九時前に到着してしまった。だからホテルの駐車場に車を入れてから、近所のコーヒーショップで時間を潰《つぶ》した。そして、ちょうどいい頃合いを見計らって、ホテルに戻ってきたのだ。

スマートフォンでジャカランダに電話をかける。一コールで回線がつながった。

『はい』

「おはよう。ロビーに着いた」

『わかった。今から降りる』

短いやり取りで電話を切る。五分も経たずに、ケージを提げたジャカランダがエレベーターから出てきた。

「おはよう。ビオも」

あらためて挨拶する。「昨晩は、眠れた？」

ジャカランダは薄く微笑んだ。「うん。おかげさまで」

確かに、その顔に疲労の色は浮かんでいない。若いっていいなあ——自分も二十代のくせに、ついそんなふうに考えてしまう。

「朝ごはんは？」

「ルームサービスを取らせてもらった。ビオには、昨日買ったのが残ってたし」

「そりゃ、よかった」

ジャカランダが酒井をじろじろと見る。

「今日は、スーツじゃないんだね」

ジャカランダが指摘したとおり、今日は私服だ。袖まくりした綿のシャツにジーンズ、足元はスニーカーという、学生のような恰好だ。高級ホテルのロビーでは浮いてしまうけれど、秋葉原なら違和感はないだろう。

「動きやすい服装の方がいいと思って」

「その方がいいよ」

「じゃあ、行こうか」

一緒に駐車場に行って、車中でビオをケージから解放する。酒井は運転席に、ジャカランダは助手席に座った。

「問題は、商社の動きだ」

ハンドルを操作しながら、酒井は言った。

「昨晩、僕たちは三人のうち一人の身体から、不老虫を取り出した。そのことに、連中が気づいているかどうか」

「気づいている、と考えた方がいいよね」

「僕もそう思う。だとすると、連中が真っ先にやることは、残る二人が無事かどうか、確認することだ」

「今現在は、無事」

「うん。じゃあ、次はどう考えるか。相手は一人目の居場所を知ってたんだから、残る二人の居場所も知っていると考えるだろう。だったら、場所を移すはずだ」

「あまり、意味ないけど」

そう。自分たちは密告によって正確な居場所を知ったわけではない。ジャカランダとビオの特殊能力によるものだ。

「秋葉原の中で移送するのなら、そのとおり。でも、問題なのは移送先だ。秋葉原が安全な場所でないとわかったら、もっと遠くに移す可能性がある。そうなったら、お手上げだ。日本は国土こそ狭いけど、あちこちに離島がある。領海まで考えたら、オーストラリアとたいして違わないんだから」

「そこまで話を面白くしなくていいよ」

ジャカランダが片手をぱたぱたと振った。「秋葉原に隠したことには、何か意味があるはず。連中には、秋葉原という場所が必要だった。それなら、別の場所に移送したとしても、それほど離れていない場所だと思う」

「それでも、僕たちにはマンパワーが足りない」

ネガティブなコメントにならないよう、気をつけて返答する。

「たとえ秋葉原に近くても、電車で一駅でも離れられたら、もう捜しきれない。密告者が、最新情報を教えてくれればいいんだけど——そうか」

信号停止したタイミングで、スマートフォンを取り出した。信号機に注意しながら、江本にメールを打つ。

『本件を密告した人とは、まだ連絡を取り合っているんでしょうか？』

それだけの短いメール。送信した次の瞬間、信号機が青になった。車を発進させる。

「僕の上司にメールを打ったんだ。もし密告者が引き続き連絡をくれるのなら、残る二人の移送先についての情報もくれるかもしれないから」

そこまで言ったところで、電話がかかってきた。運転中では、発信元も確認できない。車を路肩に寄せて、停車させた。液晶画面を確認する。江本だった。

「はい」

『メールの件だが、わからん』

前置き抜きで、江本はそう言った。

いつもと同じ口調だ。部下の目の前で殺人が起こることを知らされていたはずなのに。そしてそのことを認めていたはずなのに。それでも当人に対して、動揺のかけらも見せずに話せるところは、さすが霞が関の官僚だ。

『俺も気になったから、有原さんに訊いたんだ。昨日、同席した警視庁の人だ。有原さんによると、密告の電話は、今までに二回。最初の密告は、二週間前だ。ある商社が、サトウルヌス・リーチの宿主を入国させようとしているとだけ言ったらしい』

「商社の名前は、言ってなかったんですか？」

『言っていない。密告したんだから、内部の人間だろう。自分の身を護るために固有名詞を言わないのは、よくあることだそうだ』

「もちろん、先方の名前と連絡先もわからない、と」

『そういうことだ』

「それで、よく警視庁が動きましたね。まるっきり怪電話じゃありませんか」

同じ疑問を抱いていたのだろう。酒井のコメントに江本がうなずく気配があった。

『俺もそう思ったから、有原さんに確認したんだ。そうしたら、密告者は銀座のデパートに証拠写真を置いていると言ったそうだ。捜査員が行ってみると、公衆電話の裏に、隠すように封筒が置いてあった。ちなみに、電話の発信元は、その公衆電話だった。封筒の中には、寄生虫の写真が入っていたんだ。保健所に持っていくと、環形動物だろうけれど、見覚えがないと言われたそうだ』

それはそうだろう。日本に上陸していないのだから、データがない。

「いたずらにしては、手が込んでいますね」

『そう思って、寄生虫学の泰斗《たいと》に相談したら、そうとう剣呑なやつだとわかった。だから、うちを巻き込んで動いたんだ』

ということは、二週間の間にジャカランダを見つけだして連絡を取り、日本に招致したのか。本気を出した日本警察は、やはり優秀だ。

「二回目の密告は、その後なんですか?」

『二回目は、三日前だ。宿主が昨日、つまり十七日に日本に入国するということと、滞在先は秋葉原だということを教えてくれた』

「それ以来、連絡はないと」

『そうだ。二回とも公衆電話からの密告だったから、相手についてはわからない。こちらからアプローチできないんだ』

「つまり、すべて向こう次第というわけですね」

『そういうことだな』

酒井は、昨晩のことを、江本に報告した。ジャカランダが宿主の女性を殺害しようとしたことには、あえて言及しない。

話を聞き終えた江本が唸る。

『すごい人だな。来てもらった甲斐があった』

「そうなんですが、向こうが宿主を秋葉原から出したら、お手上げです。密告者が移送先を教えてくれればいいんですが、無理そうですね」

『ああ、期待できない。可能性があるとすれば、警察だ。お前、刑事に一人目の場所を教えたんだろう？　そこから二人目、三人目にたどり着くことを期待するしかない』

当てにならない可能性だ。だったら、自分たちにできることをするしかない。

「わかりました。私は、マクアダムスさんと秋葉原の捜索を継続します。追加の情報が入ったら、連絡をお願いします」

『わかった』

電話を切って、車を発進させる。運転しながら、今の通話内容をジャカランダに説明した。

「キョーヘイの上司の言うとおり、密告者より警察の方が可能性が高い」

話を聞き終えたジャカランダが、冷静にコメントした。「キョーヘイは警察に、あの女性への配慮を求めた。でも、すぐには保護しないと思うよ。わたしが日本警察なら、あの部屋を監視して、出入りする人間を尾行する。そして二人目と三人目の場所まで泳がせる」

「………」

酒井はすぐに返事ができなかった。警察には警察の事情があるから、不老虫に寄生された女性を、普通の犯罪被害者のように扱えないのは予想していた。それでも、最低でもすぐに保護すると思っていたのだ。ジャカランダのコメントは、酒井の思い込みをはるかに超越していた。そして考えてみれば、その方が正しいのだ。

「わたしが『食料を持ってきた』と言ったら、あの子は何の疑いもなく部屋に入れてくれた。つまり、あの部屋に予備の食料はなかったってこと。ということは、あの子を日本に入れた商社は、朝食を届けに行くはず。もう十時近いから、とっくに行っている。つまり、すでに昨晩のことは、ばれている。向こうも、すぐに対応するでしょう。もし警察が朝食を持参した人間を尾行してるのなら、もうすぐ連絡が来るかもしれない」

「それを期待しつつ、僕たちは動こう」

秋葉原に到着した。昨晩と同様、ＵＤＸビルの地下駐車場に車を入れて、地上に出る。すると、それを待ち構えていたかのように電話が鳴った。警視庁の有原から預かっている方の携帯電話だ。液晶画面の表示を見ると、若木警部補だった。

「はい。酒井です」

『警視庁の若木です』昨晩話したときと、同じ声だ。『昨晩教えていただいたビルに入っていった人間を確認しました。男が二人です』

どきりとした。ジャカランダの読みどおりだ。

「それで、その二人は？」

勢い込んで尋ねる。しかし返事は冴えないものだった。

『見失いました。タクシーで秋葉原を離れたのです』

秋葉原を離れたって？　残る二人が危ないのに？

『我々が監視したのは、ビルの外側からです。ですから確認したのは、あくまでビルに出入りした人間です。問題の事務所に出入りしたかは、わかりません。でも、行動に不自然なところがありましたから、関係している可能性が高いと思います。写真を撮りました。画像をメールで送りたいのですが、受け取れるアドレスはお持ちですか？』

有原から受け取った携帯電話は、クラシカルな二つ折りタイプだ。画像を受け取って表示するには向かない。

「あります。アドレスを申し上げますが、メモを取れますか？」

『大丈夫です』

酒井は個人持ちのスマートフォンのメールアドレスを口頭で伝えた。若木が復唱する。間違っていない。

『今から二人の写真を送りますから、捜索される際に気をつけてください。私たちも捜索を続けます』

「お願いします。それから――」

『なんですか？』

「あの女性は、どうされましたか？」

『保護しました。今は、都内の病院にいます。不老虫によって、健康被害が出ている可能性が高いですから』

よかった。日本政府は、女性を助けてくれる。

「ありがとうございます」

礼を言って、電話を切った。一分後に、スマートフォンがメール着信を告げた。差出人のアドレスに見覚えはないけれど、題名が『先ほどの電話の件』とあるから、若木からで間違いないだろう。開く。本文はない。画像ファイルがふたつ添付されていた。開くと、いかにも隠し撮りしたといった写真が表示された。

一人は若い。自分と同じか、もう少し若いくらいか。少し髪を長めにしていて、細い身体にスーツをまとっている。

もう一人は、三十代と思われる。こちらもスーツ姿だ。一人目と比べて、明らかに体格がいい。髪も短く刈り揃えてあった。

「こいつらが、不老虫を持ち込んだらしい」

画像をジャカランダに見せる。「不老虫を捜しながら、こいつらも捜す必要がありそうだ」

ジャカランダは、液晶画面をじっと見ていた。形のいい眉がひそめられている。はっきりとした怒りが浮かんでいた。

「わかった。行こう」

「この二人は、タクシーで秋葉原を離れたそうだ」

スマートフォンをしまいながら、酒井は言った。

「その行動の意味として、考えられることは、ふたつある。ひとつは、残る二人は秋葉原にいないという可能性。もうひとつは、あの女性から不老虫を取り出した人間が見張っている危険性を考慮して、尾行を撒《ま》いた可能性だ。根拠には乏しいけど、後者のような気がする。だとしたら、この二人が秋葉原に戻ってくるまで、多少の時間をもらったわけだ」

「そうだね」ジャカランダが眉の位置を元に戻した。「連中がそこまで頭が回って、慎重であることを期待しましょ」

宿主を隠したこの二人が、どこまでを秋葉原周辺と考えているかは、わからない。しかし一日あれば回れる範囲だろう。

「昨日の続きから再開しようか」

一人目がいたところで、昨晩の捜索は終わっている。そこから再開するのが正しいと思えた。ジャカランダもうなずく。「そうだね」

「じゃあ、行こう。ここからなら、中央通りを横切った方が早い」

*

葉山が錦糸町のホテルに着いたのは、午前十時を少し過ぎた頃だった。ホテル・アンダー・ザ・ツリーの喫茶室は、見通しがよい。人の出入りがよくわかるから、万が一尾行してきた連中がついてきても、おいそれとは入れない。前川がこの店を指定した理由がよくわかる。

前川は緊張のかけらも見せず、優雅にコーヒーを飲んでいた。「来たか」

「どうも」

土曜日の午前中だ。喫茶室には、さほど客は入っていなかった。近くの席に、他の客はいない。小声であれば、秘密の話ができる。

葉山が注文したブレンドコーヒーが出された。店員が立ち去ってから、前川が口を開いた。

「不老虫を日本国内に持ち込むことは、相当なリスクを伴う」

口調はあくまで世間話だ。

「だから今回、関与する人間を絞っている。磯子商事でも城東製薬でも、この案件を知る人間は、ほんの数人のはずだ。でも、現実には情報が漏れている」

「考えなければならないのは、警察が動いているかどうかです」

葉山が返す。ここに来るまでに、考える時間は十分にあった。

「お前は、どちらだと思う？」

「警察は動いていないと思います。密告されて警察が動いているにしては、実際の動きが変です。警察ならば、その場で不老虫を取り出したりはしません。ラコの身体に不老虫がいるとわかっているのなら、厳重に管理された病院に連れて行くでしょう。私だって、事務所に現れたところを拘束したはずです。ラコの身柄を押さえてしまえば、泳がせて尾行する必要はないわけですし」

「前半は賛成だが、後半は判断に迷うところだな」

前川はそうコメントした。

「警察ならば、その場で不老虫を取り出したりせず、ラコを連れて行く。その点は賛成だ。しかし尾行せずに、有無を言わさず連行するとはかぎらない。というのも、俺たちが罪を犯しているかどうか、判断できないからだ。だったら、俺たちに警戒されないよう、黙って尾行するだろう」

「――そうでした」

迂闊《うかつ》だった。前川の指摘は、先ほど自分が考えたことだからだ。

「警察に通報するということは、自分の所属する会社も無傷ではいられない。だから警察がこの件に関与していない可能性は、決して低くはない。尾行なんて、気の利いた探偵事務所でもできるだろうからな。しかし俺たちは、警察が動いているという前提で動く必要がある。じゃあ、反対派の正体についてはどうだ？　磯子商事か、城東製薬か。どちらだと思う？」

「うち――磯子商事ですね」葉山は断言した。「城東製薬には、三人の宿主を秋葉原近くに隠したという話はしましたけど、具体的な場所までは教えていません。ラコの居場所を正確に知っているのは、磯子商事側の人間ですから」

前川はコーヒーを飲み干した。息を吐く。

「社内でこの件を知っているのは、十三課では俺とお前、それからベトナムの現地スタッフ二人だけ。後は部長と専務、それから副社長だ。合わせて七人ということになる」

「現地スタッフは、秋葉原の隠匿場所を知りません」

「ということは、俺とお前じゃなければ、上の三人に反対派がいることになる」

葉山は三人の上層部を思い浮かべた。営業部長はともかく、平社員の葉山にとっては、専務や副社長は会ったこともない雲の上の人物だ。連中が本件を知っているというのも、前川からそう聞かされているだけだ。だから副社長や専務が敵対勢力と言われても、ピンと来ない。

「まあいい」前川は切り替えるように言った。「オーモとコニの状況を確認する。すでに侵入者によって不老虫を取り出されている可能性が高いが、行かないわけにはいかない」

「はい」葉山もコーヒーを飲み干した。「どうします？　手分けするのか、一緒に動くのか」

普通に考えれば、手分けするのが合理的だ。しかし今回に限っては、現場では一緒に動いた方が突発事態に対処しやすい。

前川は、葉山の問いかけに主体性のなさを感じ取らなかったようだ。鞄からタブレット端末を取り出しながら答える。

「動くのは別々にしよう。でも、宿主の相手は一緒にやった方がいい」

そしてタブレット端末の液晶画面に指を滑らせる。

「無事であろうがなかろうが、場所を移す。他の隠匿場所をすぐには用意できないから、ホテルを取った。ダブルの部屋をふたつ。今から俺とお前は、アジアの愛人を囲う、金満日本人だ」

「愛人も何も」葉山は呆れたようにコメントする。「課長も私も独身でしょう」

「気にするな。今晩だけのことだ。明日からのことは、後で考える。行くぞ」

オーモの隠匿場所で合流することにして、別々のタクシーに乗った。まずは葉山が、数分遅れて前川が出ると決めた。秋葉原方面に戻る。しかし秋葉原駅前には行かない。地下鉄銀座線の末広町駅近くでタクシーを降りた。電気街の外れといった場所だ。オーモは、この近くに隠してある。ラコよりも、さらに秋葉原駅から離れている。途中のコンビニエンスストアで弁当とウーロン茶を買って、目的地に向かった。

末広町駅の近く、湯島《ゆしま》と呼ばれる辺りに、オーモを隠している雑居ビルがある。ラコと同様、空いていた事務所を仮のねぐらにしているのだ。

ビルの中に、人の気配はない。階段で二階に上がる。借りている事務所の前にも、人影はなかった。

まず、ドアノブを握る。そっと回して、押す。数ミリ動いて止まった。鍵がかかっている。少し安心して、ノックする。

「オーモ。入るぞ」

中から返事が聞こえた。ラコのような動揺は、返事からは感じられない。鍵を使って解錠した。中に入って、すぐに閉める。鍵をかけた。

オーモはベッドに腰掛けていた。葉山はコンビニエンスストアのレジ袋を差し出した。

「遅くなって、申し訳ない。朝飯だ」

「ありがと」

葉山はレジ袋から弁当とペットボトルのウーロン茶を出した。

オーモは立ち上がる。折りたたみ式のテーブルに移動した。

「昨日は、よく眠れた？」

誰かが侵入してこなかったか。その意味を込めた問いかけだ。

「うん」

オーモはそう返事したものの、その表情は冴えない。

「まだ、お腹が痛い？」

オーモは下腹をさすった。「少し」

少しというには、かなり辛そうだ。

「慣れない飛行機に、長時間乗ったからかな」

心にもないことを言う。症状が出始めているということは、胎内で不老虫が成長しているということだ。自分たちにとっては、狙いどおりの展開だ。

「養生して、早くよくなってくれ。君が元気になってくれないと、日本政府としても君の国に申し訳が立たない」

前川に倣《なら》って、いたわりの声をかけた。

国同士の経済交流の一環として、労働者を受け入れる。しかも女性が活躍する社会というのが日本政府の目標だから、女性、特に子供がいたり妊娠している女性を選んだ――三人の女性には、そう説明している。

ともかく、敵対者はオーモのところまでは来なかったようだ。少し安心する。

「昨日はこんな簡素な場所しか用意できなかったけど、今日は、ちゃんとした宿に移れるよ。長旅の疲れが残っているようだから、そこで休んでくれ。まずは元気になって、それから存分に働いてほしい」

オーモは素直にうなずいた。

前川はホテルを予約したと言っていた。ホテルならば、チェックインできるのは、通常午後三時からだ。今はまだ十一時過ぎ。あと四時間くらいある。その間に、敵対者が来なければいいのだが。

オーモは弁当を開けたけれど、ほとんど食べずに箸を置いた。やはり具合がよくないのだろう。どの程度の症状になれば、不老虫が不老石を作るほど成長したことになるのか。

それはわからない。ラコの部屋で感じた恐怖を思い出す。今この瞬間にも、オーモの股間から不老虫が出てくるかもしれない。古老の話だと、不老虫はオスの哺乳類を感じると襲ってくるのだ。

緊張と恐怖の中、四十分が過ぎた。遅い。前川はまだかと思っていたら、ノックの音が響いた。ドアの傍に立つ。「はい」

「俺だ」

前川の声だ。安心してドアの鍵を開ける。前川の大きな身体が、音もなく滑り込んできた。再びドアの鍵を閉める。

「遅かったですね」

安堵《あんど》を感じさせないよう、注意して言った。

「コニのところに行ってきた」

前川はそう答える。「昨日から具合が悪そうにしていたけど、まだ大丈夫だと思う。オーモはどうだ？」

言いながら、テーブルに視線をやった。ほとんど手をつけられていない弁当を見て、察したようだ。「こっちの方が、近いか」

続いてオーモを見る。騙されて日本にやってきた女性は、うつむき加減でお腹を押さえていた。

「オーモさん。おはようございます」

前川が声をかけた。オーモがのろのろと顔を上げる。前川は大げさに心配そうな表情を作った。

「ご気分が優れないようですね。知らない国に来たのだから、当然のことです。ベッドで休んでいてください」

オーモは立ち上がった。しかしふらつく足で向かったのは、ベッドではなかった。ドアの方だ。葉山が素早く駆け寄る。

「オーモ。そっちじゃないよ」

オーモはきょとんとした顔をした。「――ああ、そうだった」

回れ右して、ベッドに向かう。横になった。

判断力が鈍るほど体調が悪いのか。近いのだろうか。どうするべきか。前川の顔を見た。

「――やるか」

前川は独り言のように呟いた。携帯電話を取り出す。ボタンをプッシュして耳に当てた。

「もしもし。田沼《たぬま》先生ですか？　磯子商事の前川です。この前ご相談しました、患者を診ていただく件ですが、今日、大丈夫ですか？　――ああ、ありがとうございます。そうですね。たぶん、一、二時間後になると思います。正確な時間がわかりましたら、あらためてご連絡いたします。はい。よろしくお願いします。失礼します」

　電話を切って、もう一度ボタンを押す。

「小宮山所長ですか？　磯子商事の前川です。一人が、近いようです。本日、取り出す必要があります。中里主任に来ていただいてよろしいですか？　はい、では連絡を取らせていただきます。秋葉原の田沼医院という個人病院を押さえています。所長はいかがなさいますか――そうですか。お嬢さんのピアノの発表会とあれば、仕方がありませんね。では、中里主任と私どもでやらせていただきます。館林《たてばやし》さんは――はい。では、中里主任から呼びかけていただきます。はい。結果はあらためてご報告いたします。それでは、失礼します」

　三度目の電話。

「中里主任ですか？　磯子商事の前川です。宿主の一人が、そろそろのようです。一昨日お話しした、秋葉原の病院で処置をします。田沼医院という、個人病院です。来られますか？　ありがとうございます。はい。小宮山所長は用事があって来られないそうなので、中里主任と館林さんとで対処するようにとのことです。館林さんには、主任からご連絡いただけますか？　ありがとうございます。では、お二人が秋葉原駅に到着する時間がわかりましたら、ご連絡ください。はい。それでは、失礼します」

終話ボタンを押して、ようやく携帯電話を閉じた。部下に視線を向ける。

「今日、オーモから不老虫を取り出すぞ。城東製薬の中里主任と館林さんに来てもらう」

不老虫を捕らえた、北ベトナムの山中を思い出す。あのときは遠くから見ていただけだったけれど、それでも全身が総毛立った。あれを、間近で見るのか。

しかし弱気は見せられない。押し殺した声で「はい」とだけ答えた。

前川は腕時計を見た。つられて葉山も現在時刻を確認する。十二時を過ぎていた。

「もう昼だな。中里さんから連絡が来るまでは時間がある。ラコを襲った連中が来るかもしれないからここを離れられないけど、待っている間に、飯を食おう」

成長した不老虫が傍にいるのに、よく食事をしようという気になるものだ――そんな感想を抱くと同時に、気になることがあった。

「そういえば、コニはどうしたんですか？」

反対派は、コニの方に行くかもしれないのに。前川は何でもないように答える。

「場所を移した。昭和通りのレンタルルームだ。もしうちの偉いさんが裏切り者だったとしても、俺しか知らない場所だから襲われない」

レンタルルーム。ラブホテルのように使用できる、ベッド付きの個室のことだ。時間貸しだから長時間隠すことはできないけれど、決められた時間であれば使える場所だ。なるほど。その手があったか。

前川が財布から五千円札を抜き出した。

「コンビニか弁当屋で、適当に買ってきてくれ」

「わかりました」

五千円札を受け取る。食欲はまったくないけれど、胃が空っぽなのも、間違いない。食べておかなければ、いざというときに力が出ない。その意味では、前川の言うことは正しい。自分も食べられそうなものを探そう。

雑居ビルを出る。尾行はついているだろうか。反対派はすぐ近くまで来ていないだろうか。そんなふうに思うけれど、少なくとも気配は感じられない。自分はまだ、前川のようにはなれない。それなら、それでいい。上司に指示された、昼食を買うという仕事を淡々とこなすだけだ。

*

「ちょっと、すみません」

声をかけられた。声のした方を向くと、制服警官が立っていた。

来たか。そう思いながら、酒井は何食わぬ顔で返事した。「何か？」

「あの、その猫なんですが」

制服警官は、ジャカランダの足下を指さした。ビオのことだ。「飼い猫ですか？」

「はい。そうです」

制服警官が不快そうな顔になった。

「困るんですよね。リードも着けずに連れ歩くなんて」

こちらを威圧するように睨みつける。

それはそうだろう。自分が同じ立場でも、同じコメントをする。しかし、素直にいうことを聞くわけにはいかない。酒井はボディバッグを開いて、中から身分証を取り出した。

「私は、農林水産省の酒井と申します」

相手が突然自己紹介したからか、制服警官は戸惑ったようだ。「はあ」と芸のない返事をする。

酒井は有原から預かった携帯電話を開いた。住所録を見ると、『万世橋警察署長』という名前がある。選択して、電話をかけた。三コールで回線がつながった。『はい』

「すみません、万世橋警察署長さんですか？　農林水産省の酒井と申します」

電話の向こうで、息を呑む気配があった。『お話は、伺っております』

「警視庁さんからご依頼のあった件で外回りをしているんですが、そちらの警察官の方に止められてしまいまして。ちょっとお話しいただけますか？」

酒井は携帯電話を制服警官に差し出した。「どうぞ」

制服警官の顔が強張《こわば》った。先ほど酒井が「万世橋警察署長」と言ったのを聞いたからだろう。制服警官は恐る恐る携帯電話を耳に当てた。次の瞬間、背筋をピンと伸ばした。

「は、はいっ！　わかりましたっ！　そのようにいたしますっ！」

誰もいない空間に向かって、ペコペコと頭を下げる。震える手で携帯電話を返してくれた。酒井とジャカランダに向けて敬礼する。

「大変失礼いたしました。そのままお連れいただいて結構です」

酒井は笑顔で携帯電話を受け取った。

「ありがとうございます。助かります。では」

酒井はジャカランダと共に歩みを再開する。制服警官にとって、警察署長は雲の上の存在だ。いきなり電話で話せと言われたら、ああなるのは当然だ。滑稽《こっけい》ではあるけれど、自分だって往来でいきなり矢内課長と話せと言われたら、同じ態度になる。

「いないね」

ジャカランダが言った。

昨晩、一匹目の不老虫を退治した場所から、道という道を縫うように歩いて、不老虫の居場所を捜した。末広町の交差点から秋葉原の方に戻るように歩き、もう秋葉原を過ぎて万世橋交差点近くまで来ている。このまままっすぐ進んだら、神田駅の方まで行ってしまう。

午前中ずっと歩き回っていたから、さすがに軽い疲労を覚えていた。腕時計で時刻を確認したら、もう正午を過ぎている。

「とりあえず休憩だな。お昼にしよう」

とはいえ、ビオがいるからレストランに入れない。さて、どうしようと考えていたら、ちょうどいい場所を思い出した。

「駅前に、確か、オープンカフェがあった。簡単なものしかないけど、そこでいい?」

「わたしはいいけど」ジャカランダがビオの身体を撫《な》でた。「この子が食べられるものは、あるかな」

「ソーセージが食べられるのなら、ホットドッグを――いや、確か塩分が強すぎるから、猫には向かなかった気がする。途中のコンビニで、鶏肉を買おう」

近くのコンビニエンスストアで、鶏胸肉のパックを買った。それから総武線の線路をくぐって、駅前の秋葉原ダイビルに向かう。一階の喫茶店が外にテーブルと椅子を出しているから、そこを使えばいい。土曜日のお昼どきだからかなり混んでいたけれど、幸いテーブルをひとつ確保できた。

スマートフォンで喫茶店のホームページを開き、メニュー画面を呼び出した。ジャカランダに料理を選んでもらう。

「ちょっと、待ってて」

ジャカランダとビオを残して店に入った。ジャカランダは、トマトとモッツァレラチーズのパスタを選んだ。自分用にボロネーゼを注文した。パスタ一皿だけでは量が足りないから、ホットドッグも一本。それから、カフェラテとカプチーノをひとつずつ。けっこうな量になったけれど、二枚のトレイに載せることができた。片手に一枚ずつ持って戻る。

「お待たせ」

「ありがと」

ジャカランダはまず鶏肉のパッケージを開けて、紙ナプキンを何枚か重ねた上に載せた。

「いいよ」

昨晩と同じものだとわかったのだろうか。ビオはすぐに食べ始めた。よかった。

では、人間の食事だ。ジャカランダはフォークでパスタを食べ始めた。

やれやれ。

酒井は心の中で頭を振った。

コンビニエンスストアのおにぎりの次は、カフェのパスタか。とても外国の賓客をもてなしているとは思えないな。まあ、本人が気にしていないからいいけど。

しかし、問題は食事の内容ではない。いるかどうかわからない宿主を、徒歩で捜し回らなければならない。そんな確率の低そうな仕事をやらせていることの方が、よほど問題だ。

しかし、そうするしかないのも、また事実だ。それに、酒井自身はそれほど悲観していない。昨晩の成功体験が、心を前向きにさせているのだ。それ以上に、ジャカランダは信頼に足る人物だと確信できている。そのことが、何よりも大切だった。

酒井はスマートフォンに秋葉原周辺の地図を表示させた。

「今は、ここ」

秋葉原駅を指さす。「昨日から今日にかけて確認したのが、西側。電気街のいってみれば裏側だ。ここから、どう動くか」

ジャカランダがフォークの手を止めて、画面を見つめる。

「秋葉原周辺としか情報がないのなら、駅を中心にして同心円状に捜すのが正攻法だね」

「そう思う」酒井は駅の東側、昭和通りのある方向を指し示した。「午後からは、ここら辺りを捜そう。見つからなければ、半径を広げていくしかない」

「それがいいと思う」

「大変な仕事を頼んでしまって、申し訳ない」

「いいよ、別に」ジャカランダはフォークを持っていない左手を振る。「報酬をもらう以上、やることはやるよ」

酒井は返事に詰まった。アメリカの大学では、働きながら勉強している学生は珍しくない。しかし今回の件は、通常の仕事とは、大きく異なるものだ。日本政府がどれくらいの報酬を提示したのか知らない――殺人まで依頼内容に含まれていたのなら、決して安くはないだろう――けれど、なぜジャカランダは引き受けたのだろう。

疑念が顔に出ていたのか、ジャカランダが困ったような顔になった。

「父が癌になっちゃってね。治療費が必要なんだ」

「………」

そんな事情があったのか。それでは、まるで日本政府が足下を見て、仕事を強要したみたいじゃないか。

これまた察したのだろう。ジャカランダはまた左手を振った。

「こっちとしては大助かりなんだ。どうしようと途方に暮れてたところに、仕事を持ちかけてくれたんだから。だから、嫌みでも何でもなく、日本政府には感謝してる」

「そう言ってくれると、助かる」

それならば、是が非でも、残る二匹を退治しなければならない。警視庁の有原は、報酬の半額をすでに振り込んだと言っていた。結果にかかわらず、残額も支払うと。しかし、まだ振り込まれてはいない。ということは振り込まれない可能性もあるということだ。ジャカランダに辛い思いをさせている以上、それは絶対に防がなければならない。

酒井は食べるのが速い。あっという間にパスタを平らげ、ホットドッグに手を伸ばす。ホットドッグまで食べ終わるのと、ジャカランダがパスタを食べ終えるのは、ほぼ同時だった。

「ごちそうさま」

「もう食べ終わったの？」ジャカランダが目を丸くした。「せっかちなんだね」

酒井は笑みを浮かべた。「日本人だから」

*

「ちょっと、出てくる」

城東製薬東京研究所の中里貴志《たかし》は、妻の美智子《みちこ》に声をかけた。

「ちょっとって」美智子は夫が通勤鞄を持っているのを見て、呆れたような声を出した。

「休日出勤？」

「急に、所長から呼び出しがかかったんだ」

研究所の小宮山所長なら、美智子も知っている。社内結婚だからだ。結婚式では、挨拶もしてもらった。休日だろうが何だろうが、いきなり呼び出すことは珍しくない人物であることも、よく知っている。結婚してから、何度もあったことだ。

中里は手刀を顔の前に立てた。「すまんが、親父を頼む」

美智子が微笑んだ。無理に明るい顔を作っているのがわかる。

「大丈夫。任せて」

「すまん」

中里はもう一度言って、糞尿の臭《にお》いが立ちこめる家を出た。

美智子が思い描いた結婚生活とは、こんなものではなかったはずだ。

結婚したとき、母はすでに亡くなっていたが、父は健康だった。同居も、父の方から断ってきた。

「こんな舅《しゅうと》が一緒にいると、美智子さんも気詰まりだろう」

そう言って新居を別に用意させ、自分は一人で亡妻と暮らした家に残った。父はまだ六十代で元気だったから、中里は父の配慮に感謝しながら夫婦二人だけの生活を始めた。

状況が変わったのは、二年後だった。父が、脳梗塞で倒れたのだ。

発見が早かったから、一命は取り留めた。しかし後遺症は残った。認知症という形で。

以来、美智子の生活は、義父の介護を中心に回り始めた。

自分でものを食べられない。

トイレにも一人で行けない。

何時間もかけて、スプーンで食事を口に入れてやる。

血のつながっていない義父の、下の世話をする。

そんな介護に、掃除や洗濯など他の家事を加えれば、自分の時間など、取れるわけもない。美智子が疲弊しているのは明らかだ。このままでは、父よりも先に、美智子の方が焼き切れてしまう。

自分は、美智子を幸せにすると約束して、結婚したはずだ。それなのに、確実に不幸にしている。父を特別養護老人ホームに入れられればいいのだけれど、首都圏ではいつも満員で、いつ入れるか、見当がつかない。

現代日本が抱える病理を体現しているような家庭で、しかし中里は希望を捨てていなかった。

——不老石があれば。

正しく処理された不老石には、認知症を防ぎ、回復させる力がある。城東製薬のごく一部は、そのことを知っている。

城東製薬の中興の祖と言われた先代会長は、齢《よわい》九十になっても飛び抜けた判断力を維持し続けた。すでに物故してしまったが、死の間際まで、常識では考えられない明晰《めいせき》さだったらしい。

何か、秘密があるのではないか。城東製薬の経営陣は、遺族の許可を得て、前会長の持ち物を調べた。前会長は製薬会社の経営者であるにもかかわらず——あるいは、だからこそか——健康食品マニアで、まっとうなものからかなり怪しいものまで、色々な素材を試していた。そのうちのどれかが、本当に効果があったのではないか。そう考えたからだ。そして前会長の残したメモを丁寧に読んでいった結果、不老石にたどり着いたのだ。

城東製薬の経営陣も研究者も、誰も不老石のことを知らなかった。前会長がどうして不老石のことを知り、どうやって手に入れたのかはわからない。ただ、いい香りのする細片が、金庫の中に厳重に保管されていた。明らかに、他とは違う扱いだった。

普通なら、一笑に付すレベルの話だ。けれど前会長を知る経営陣は信じた。前会長の能力を肌で感じていたこともあるし、前会長がプライベートでベトナムにくり返し旅行していたことを知っていたからだ。少なくとも前会長は、自分の能力が不老石によるものだと信じていた。

残されたメモから、東南アジアに生息する寄生虫から採れることも、採った後どのような処理をしたのかもある程度わかった。ただし、相当なリスクを伴う。後は、踏み切るかだ。

苦境に立たされていた経営陣は、決断した。不老石を研究して、認知症の特効薬を開発すると。

研究は、極秘プロジェクトとして進められることになった。研究所では、所長の小宮山の他には、中里と館林みづきが選ばれた。表向きは評価の対象にならない仕事だ。しかし中里は、降って湧いた幸運に驚喜した。

自分は不老石の正体を暴く。そして、今回の一件で手に入れた不老石を、父のために使う。美智子のためにも、絶対にそうしなければならないのだ。

家を出て、駅に向かって歩く。今からなら、午後一時前には秋葉原に着くだろう。先ほど、部下の館林にも連絡した。彼女もまた、同じくらいの時刻に着けるという。

スマートフォンで、磯子商事の前川に連絡を入れた。

「一時前です。館林も同じくらいです」

『わかりました』前川はそう言った。『駅までお迎えに行くことはできません。館林さんとお二人で来ていただけますか？』

家を出る際に『秋葉原　田沼医院』で検索している。神田明神《かんだみょうじん》に近いところにある、個人経営の医院だ。しかし、今日は土曜日だ。インターネットの情報では、田沼医院は、土曜日は休診日ではないか。中里は先ほど検索した情報を前川に告げた。

『その場所で間違いありません』

「では、すぐに伺います」

電車に乗って、秋葉原に向かった。秋葉原駅の電気街口の改札で、部下の館林みづきと合流する。二人で秋葉原駅を出た。秋葉原ダイビルの横を抜けて電気街に向かう。

「あら、かわいい」

突然、みづきが言った。つられて、視線の先を見る。オープンカフェのテラス席で、椅子にちょこんと猫が座っているのだ。隣で、若い女性がパスタを食べている。中里としては、猫よりも女性の方が「かわいい」だ。とはいえ同じテーブルにむさ苦しい男がいるから、彼氏持ちだろう。残念なことだ。自分も結婚しているにもかかわらず、ついそんな反応をしてしまう。男というのは、そういうものだ。

みづきの表情が緩んだのは、わずかな間だった。すぐに元の気難しそうな顔に戻る。猫のことなど忘れてしまったかのように、歩みを進めた。

土曜日だけあって、中央通りは大勢の買い物客でごった返していた。しかし自分たちは、電気街に用があるわけではない。用事があるのは、その先だ。中央通りを横切り、さらに進んで都道四五二号を渡る。神田明神に通じる階段——明神男坂《おとこざか》の手前で立ち止まった。

スマートフォンの地図で現在地を確認する。

「この辺なんだけど——ああ、あった」

古びた、白い建物。そこにやはり年代物と思える看板が掛かっていた。看板には『田沼医院』と書かれてある。間違いない。ここだ。

週末の神田明神近くだから、人通りはわりとある。大丈夫かなと思うけれど、堂々としている方が怪しまれない。中里は道の端に寄って、スマートフォンを取り出した。

「もしもし——ああ、前川さんですか。今、着きました。玄関の前です」

電話を切って十秒ほど待つと、中から解錠される気配があった。そっとドアが開く。中から、磯子商事の葉山が顔を出した。

「入ってください」

中里とみづきが中に入ると、葉山はあらためて玄関ドアを施錠した。

「こちらです」

無人の受付を抜けて、診療室に案内される。

診療室には、三人の男女がいた。一人は立っていて、二人は座っている。立っているのは、前川だ。相変わらず、感情の読み取れない顔をしている。

座っている二人は、男女だ。男性の方は、四十代の後半から五十代くらいか。白衣を着ているから、この男性が田沼院長なのだろう。医師にしては、不健康そうに太っている。一方、短く刈った頭髪と口の周りを覆う髭は、黒々としていた。

女性の方は、ひと目で外国人だとわかる。東南アジア人の顔つきだ。前川から聞いている情報では、ベトナム人ということだ。不老虫の生息域は、中国、ベトナム、ラオス国境地帯らしい。その辺りには、東アジア人に近い顔だちの人間が住んでいるのだという。目の前の女性は、典型的な東南アジア人といった印象を受ける。ということは、不老虫の生息域出身ではないのだろう。つまり、不老虫のことを知らない。知らないから、選ばれたのかもしれない。

年恰好は、二十代の半ばといったところか。みづきと同じくらい。けれどその憔悴《しょうすい》した顔は、彼女を年上に見せている。体調が悪いのだろう。そうでなければいけない。だからこそ、自分たちが呼ばれたわけだし。

「お疲れさまです」

前川が会釈した。そして白衣の男性を指し示す。

「こちらが、担当してくださいます、田沼先生です」

中里は田沼に向かって頭を下げた。「お世話になります」

所属と名前は名乗らなかった。前川がすでに伝えているならそれでいいし、そうでなかった場合、自分からわざわざ正体を明かすこともないからだ。自分が関わっているこの事案は、普通のサラリーマンには危険すぎるものだ。田沼がどのような人物で、どの程度事情を知っているかわからないうちは、余計な情報を与えるべきではなかった。

みづきも同じように挨拶する。田沼は渋い顔で答礼すると、女性をちらりと見た。

「人数は揃ったのか？」

前川に対する質問だ。前川が首肯する。

「はい。始めてください」

田沼は不快そうに前川を見た。「堕胎か」

その一言で、田沼医院がどのような医療機関か、想像できた。休診日に、看護師の一人もいない医院で、外国人女性を受け入れる。おそらく田沼は、歓楽街で働く女性が望まない妊娠をしたときに、堕胎させることを副業にしているのだろう。横目でみづきを見る。

みづきも察したようで、苦虫を嚙み潰したような顔をしていた。もっとも、彼女はいつも不機嫌そうな顔をしているから、普段とたいして違わない。顔だちは整っているのに、残念なことだ。

前川は肯定も否定もしなかった。

「そのようなものです」

ずばり堕胎そのものではない、という返答に、田沼は訝《いぶか》しげな顔をした。そして自らにするようにうなずいた。

「あんたがよこした報酬は、単なる堕胎には高すぎる。何か、裏があるな」

「はい、あります」

ぬけぬけと前川が答える。田沼はため息をついた。「まあ、いい。金をもらった以上、望みどおりにやるよ」

「ありがとうございます。では、お願いをひとつ。全身麻酔でやってください」

「全麻？」

田沼は眉間にしわを寄せた。「ここには、麻酔科医はいないぞ。まあ、できるけど」

「それから、事前に採血をお願いします。百も採っていただければ十分です」

そして中里を見た。「そうですね？」

「はい」中里はうなずく。「本当は五十でも足りますが」

前川が後を引き取る。「残りの五十は、こちらで使います」

「そんなに少量じゃダメだ。採血バッグひとつ分は採るぞ。まあ、なんでもやるよ」

田沼は立ち上がった。「手術室へ行く。立ち会いたいなら、そこの白衣とキャップを着けてくれ。手術室へは、入口のスリッパを履いて入る。手洗いは十分にやってくれ」

前川が女性に話しかけた。日本語ではない。すると、女性が安心したような顔をした。

「具合が悪そうだから、休みの病院を叩き起こして、診察してもらうことができたと言ったんです」

前川が解説してくれた。見知らぬ異国での体調不良は、相当な不安を抱かせる。病院に来たことで、安心するのは当然だ。

田沼は女性に靴だけ履き替えさせ、手術室に連れて行った。前川ほど流暢ではないものの、きちんと外国語を話している。ひょっとしたら、単なる堕胎医ではないのかもしれない。

まあいい。自分は、自分の仕事をするだけだ。使い捨ての白衣と、頭髪の脱落防止のキャップを身につける。マスクも装着した。出入口でやはり使い捨てのスリッパに履き替える。脇の洗面台で丁寧に手を洗い、ペーパータオルで水気を拭き取った。さらにアルコールスプレーで殺菌する。その上で、使い捨ての手袋を着用した。そこまでして、ようやく手術室に入った。

手術台には女性が横たわっている。いきなり手術室に連れてこられたためか、また不安げな顔になっている。田沼が何か話しかけた。胸と手首足首に心電図を取るための電極を取り付ける。そして指先に酸素飽和度を計測するオキシメーターをつけた。

続いて田沼は、採血バッグを用意した。腕に針を刺し、採血していく。採血バッグには血液保存液が入っているから、採った血液が固まることはない。

採血バッグひとつ分採血すると、今度は点滴の準備を始めた。吸入ではなく、静脈麻酔薬を使用するのだろう。しばらく待っていると、女性は意識を失ったように目を閉じた。

田沼はしばらくモニターの数値を眺めていたけれど、女性の状態が安定したと判断したのか、こちらを向いた。「始めるぞ」

太った医師は、前川をまっすぐに見た。これから何をさせるんだと言いたげだ。

「出産と同じようなものです」前川はこともなげに答える。「帝王切開で、子宮にいるものを取り出してください」

「もの？」

また医師の眉間にしわが寄る。「わかった」

前川がこちらを見た。「取り出した後の、捕獲をお願いします」

「わかりました」

持ってきたバッグを開いて、中からガラス製の保存瓶を取り出した。大振りなものだ。変なたとえだけれど、マムシ一匹が丸々入る、背の高いものだ。左右を見回す。消毒用のエタノールが入った容器を見つけた。

「このエタノールをいただいてよろしいでしょうか」

「好きにしてくれ」

許可が下りたので、中里は容器のふたを開けて、中の液体を保存瓶に移した。同じタイミングで、前川が足元のレジ袋から白いプラスチックのトレイを取り出した。見ると、生の豚肉だった。スーパーマーケットなどで普通に売っているもの。トレイを覆っていたビニールを取る。「メスかはさみを貸していただけますか。それから、ピンセットも」

田沼が壁の棚を指し示す。前川が歩み寄り、中からメスとピンセットを取り出した。トレイに載った豚肉から、親指の先ほどの肉片を切り取った。

「血液をこちらへ」

中里がもう一度バッグを開けた。今度は、試験管のような容器を出した。プラスチック製で、底が尖《とが》っている。口には、青いスクリューキャップが付いている。中里がキャップを開けると、田沼が仏頂面で採血バッグから血液を容器に移した。

「こちらにも」

いつの間にか前川が、同じ容器を手にしていた。田沼はそちらの容器にも血液を入れた。

「では、お願いします」

前川の声に、田沼は答えなかった。メスを握って、女性の前に立つ。下腹部にメスを入れた。横方向に切開していく。丁寧に、しかしよどみなくメスが動いていく。田沼が前川を見た。「いくぞ」

メスが子宮を切開した。そして次の瞬間。

切開したところから、何かが出てきた。

先端の尖った、棒のようなもの。いや、棒ではない。もっと柔らかいもの。犬が尻尾を振るように、左右に動いていた。しなやかといえば表現が綺麗すぎる。実際の動きは、もっと気持ちの悪いものだ。ぐねぐね、という方がぴったりくる。

田沼がメスを持つ手を止めた。

「なんだ？　これは」

前川はそれに答えず、豚肉をメスの先端に刺して、前に進み出た。

「それを、つかんで引っ張り出してください」

田沼が鉗子《かんし》を取り、動くものの先端をつかんだ。ゆっくり引っ張り出す。次第に、その全貌が見えてきた。

それは、細長い身体をしていた。細長いといっても、太さは大人の親指ほどもあるだろうか。灰色がかった薄い黄土色の表面は、羊水に濡れて、てらてらと光っている。

中里は戦慄《せんりつ》していた。

これが、不老虫か。

磯子商事が現地で撮影した写真を見たことはあるけれど、現物を見るのは、はじめてだ。なんという、忌まわしい生き物なのか。

田沼は手を止めることなく、不老虫を引き出し続けている。額には、玉の汗が光っていた。

まだ出てくる。

まだ出てくる。

もう、大人の手首から肘《ひじ》くらいまでの長さが出ているのに、まだ頭部は見えない。

「そろそろです。中里さん、用意を」

前川に声をかけられ、金縛りのような状態になっていた身体が動いた。保存瓶の口を開ける。口を不老虫に向けた。「いつでも」

田沼がさらに引っ張ると、ずるりと先端が出てきた。顎のない口が見える。その口に、前川が豚肉を近づけた。すると、不老虫が豚肉に吸い付いた。まるで磁石だ。

「今だ！」

前川が豚肉を刺したメスを保存瓶に近づけた。豚肉をメスごと保存瓶に入れると、不老虫も一緒に入っていく。手術用手袋をした手で身体全体を押し込む。入りきったところで、中里がふたを閉めた。

保存瓶はエタノールで満たされている。生物は生きていられない。不老虫は保存瓶の中でぐねぐねと蠢《うごめ》いていたが、やがてその動きを止めた。

「ふうっ」

中里は、大きく息をついた。

田沼が宿主の女性から離れて、中里の方に歩み寄ってきた。保存瓶の不老虫を凝視する。

「なんだ、これは」

もう一度言った。

「寄生虫です」中里は答える。「こいつは、哺乳類の子宮に寄生します。先生には、その女性を助けるために、摘出手術をお願いしたんです」

「そんなこと、聞いてないぞ」

太った医師は、声に怒りを滲《にじ》ませた。「それなら、どうして最初からそう言わないんだ！」

「正直に言ったら、保健所案件でしょう」

医師の背後から、前川が答えた。「ことを大げさにしたくなかったから、わざわざ先生のところに持ってきたんじゃありませんか」

あなたは後ろ暗い仕事をして金を稼いでいるんだから――そう言外に滲ませた。自覚があるのだろう。田沼が黙った。

「それに、この女性の胎児は、すでに寄生虫に食べられています。今さら堕胎処置をする必要はありません」

あくまでビジネスライクな、前川のもの言いだった。田沼が髭面に怒りを滲ませて、振り返る。前川は血液の入ったプラスチック容器を持ったまま、女性から離れた。

「じゃあ、縫合するぞ」

「お願いします」

田沼が処置をしている間、四人の外来者は保存瓶の周りに集まった。

「どうです？」

前川の問いかけに、中里は保存瓶を揺すった。中のエタノールが揺れ、それに合わせて不老虫の身体も揺れた。そこに、自発的な動きはなかった。

「大丈夫ですね。死んでいるようです」

中里はみづきを見た。

「俺がこいつの身体を押さえるから、館林さんが裂いてくれ」

「わかりました」

みづきの声は硬い。いつも冷静な女性研究者も、不老虫の現物を見て、さすがに緊張しているると見える。


中里は保存瓶のふたを開けた。中から不老虫が飛び出してこないか緊張したけれど、不老虫は動かない。ピンセットで胴体をつまむ。手術台の横にある、手術用具を置いてある台に、不老虫を出した。手術用手袋をした両手で、不老虫の身体を押さえる。「いいぞ」

みづきがメスを持って、不老虫の身体を縦に裂いていく。うなぎを腹から裂くのは、関東流だっけ、それとも関西流だっけ――中里は、そんな場違いなことを考えた。関東も関西もない。不老虫の身体に、背と腹の区別はないのだから。

裂き終えると、みづきはメスからピンセットに持ち替えた。たった今作った裂け目をピンセットで探る。「――ありました」

ピンセットで何かをつまみ出した。黒っぽい塊。サイズは、大豆くらいあるだろうか。

不老石だ。

中里の脈が速くなった。

これだ。これが欲しかったのだ。

これがあれば、父を、美智子を救える。

「よし」

中里は不老虫から手を離し、手袋を取った。プラスチック容器のキャップを開ける。

「ここに」

みづきが不老石を、血液で満たしたプラスチック容器に入れた。すぐにふたを閉める。

「取り出した不老石は、放っておいたら、すぐにダメになってしまいます」

中里は、不老石を覗きこむ葉山に説明した。「でも、人血の中で保存していたら、活性を失いません。そこまではわかっていますが――」

中里は不老石の入った容器を振った。「この後、どのように処置すれば安定するのかについては、明確な記録がありません。血液中で一定期間熟成させた後に取り出せばいいようですが、その条件取りをしなければならないんです」

これが、不老石を現地で取り出さなかった理由だ。

血液の入った容器を国内に持ち込むのは困難だ。だったら、不老虫の身体に入った状態で日本に来てもらうしかない。しかし生きた寄生虫を国内に持ち込むのは、もっと難しい。動物に寄生させて持ち込むこともできない。前会長のメモには、人間の認知症に効果がある不老石は、人間に寄生した不老虫からしか採れないとあるからだ。

「だから、寄生された人間を入国させるしかなかったんです。それが、最もスムーズで低リスクですから」

中里が説明を終えると、葉山は青白い顔をカクカクと縦に振った。彼もまた、間近で見た不老虫に衝撃を受けている。

「不老虫は、どうしますか？」

みづきが訊いてきた。こちらはもう平静さを取り戻している。世話になった磯子商事には申し訳ないけれど、葉山よりもみづきの方が、よほど肚《はら》が据《す》わっている。

「もう不老石は取り出したし、死んだ不老虫に用はない。処分してもらおう」

手術室を見回すと、ふた付きの白い丸缶が見えた。ホーロー製だ。いかにも焼却処分のゴミ用に見える。中里はピンセットで不老虫をつまむと、ホーローの丸缶に近づいた。ふたを開ける。中は空だったけれど、ビニール袋が装着されている。間違いない。不老虫を捨てて、ふたを閉めた。

中里はピンセットを置いて、視線を前川に向けた。

「まずひとつ手に入れました。宿主は、あと二人いるんでしたね」

しかし前川は申し訳なさそうな顔になった。「それが、困ったことになりました」

「といいますと？」

「一人が何者かに襲われて、不老虫を取り出されたんです」

「取り出された？」心臓がどきりと鳴った。「奪われたのですか？」

前川は淡々と首を振る。

「いえ。不老虫はその場で殺されたようです。奇妙なことに、その何者かは、殺す前にわざわざ不老石を取り出しています。そして、不老石を残していきました」

前川が白衣の合わせ目に手を突っ込んで、胸ポケットを探った。中からくしゃくしゃになったティッシュペーパーを取り出す。掌の上で、そっとティッシュペーパーを開いた。

そこには、黒い粒が載っていた。大きさは、米粒の半分くらい。

「これが、その不老石です。取り出されて半日ほど経っていますから、すでに失活《しっかつ》していると思われます。でも、念のためお渡ししておきます」

中里が青いスクリューキャップを開けると、前川が血液の中に不老石をポトリと落とした。

「まあ、いいでしょう」気を取り直して、中里は言った。「これが失活しているのなら、むしろ好都合ともいえます。有効成分を同定する際に、活性を失った石と今取り出した石の成分比較をしたら、なくなっているものが有効成分ということになりますから」

前向きなコメントに、前川は安心したようだ。

「残る一人は、別の場所に移しました。彼女も具合が悪そうにしていましたから、明日か明後日には取り出せるでしょう」

「襲われた一人は、どうして居場所がわかったんでしょうか」

今まで黙っていたみづきが、口を開いた。前川がまた首を振る。

「わかりません。でも、残る一人は安全です。移した場所は、私しか知りませんから。仮に弊社に不届き者がいたとしても、三人目にたどり着くことはできません」

言葉の意味がわからなかったけれど、すぐに思考が追いついた。

「そうか。宿主の正確な居場所を知っているのは、御社の方だけでしたね。弊社の人間は、秋葉原としか聞いていませんから、正確な場所まではわかりません」

「そういうことです」機械のような仕草で、前川が首肯した。みづきが安心したように息をつく。同感だ。これだけ危ない橋を渡ったのに、手に入れられた不老石がひとつだけでは、泣くに泣けない。

「とりあえず、退散しましょう。ここでの用事は、とりあえず済みました。あまり時間をおかずに、もう一度お呼びすることになると思いますが」

「おいおい」縫合を終えたらしい田沼が口を挟んできた。「この患者は、どうするんだ」

「通常の帝王切開の患者と、同じ扱いで入院させてください」

前川が答える。「次の患者と一緒に連れて帰りますから。看護師さんたちには、昨晩急患で運び込まれたとでも言っておいてくだされば、大変助かります。もちろん、入院費は別途お支払いします」

田沼は唸っただけで、反対しなかった。

「明日か明後日だって言ってたな。明日はともかく、明後日は月曜日だ。普通に病院を開けているぞ」

「はい。こちらの診療時間外にしますから、ご心配なく」

では、と言い残して手術室を出た。中里たちも後を追う。出口で白衣とキャップを脱ぎ、靴を履く。

田沼医院を出ると、午後の陽気が降り注ぐのを感じた。

人間の世界に戻ってきた。

そんな感想を抱いた。決して大げさではない。女性の子宮から出てきた不老虫。あのおぞましさは、人間世界にあってはならないものだ。つまり不老虫を取り出した手術室は、異界だったということになるではないか。不老虫を日本に持ち込むことを依頼したのは自分たちなのを棚に上げて、中里はそう思った。

「前川さん」

中里は不老石をしまったバッグに手を当てた。「私は社に戻って、このサンプルを保管してきます。次の宿主を処置する際に、また声をかけてください」

「わかりました」前川が会釈してきた。「お疲れさまでした」

磯子商事の二人は、末広町駅の方に向かっていった。自分たちは秋葉原駅に向かう。

「今日はありがとう。助かったよ」

みづきに声をかける。みづきは素っ気なく「いえ」と答えるだけだ。

まあ、そうだろうな。

彼女はまだ若い。両親だって、認知症を心配する年齢ではないだろう。不老石の効果について、研究者として興味は抱いていても、実感を持って受け止められないのは当然だ。

しかし、自分は違う。

城東製薬の金庫に、不老石の細片と共に、前会長のメモが保管されている。どちらも、前会長の自宅から移送したものだ。日記には、不老石について言及された箇所がいくつも見つかっている。取り出した不老石は人血中で保存しなければならないというのも、前会長のメモに書かれていたことなのだ。

そして前会長は、貴重な不老石をほんの少しずつ削り取って服用したとある。つまり、ごく少量で効果があるのだ。

だったら、不老石のほんの少しを、自分が持ち帰ってもいいではないか。不老石の有効成分を同定して、作用機序を明らかにする。そして有効成分を人工的に合成する。世界中のどの製薬会社も成功していない、認知症の特効薬開発に、城東製薬だけが成功するのだ。

そこまでは、きっちりやってやる。報酬は、金でも名誉でも出世でもない。そんなものは、所長の小宮山にくれてやる。あいつは、不老石の取り出しにさえ同席しない腰抜けだ。世俗的な栄誉を与えてやれば、満足する。自分は違う。自分の報酬は、不老石そのもの。それだけだ。

そう考えたら、研究データの捏造がばれて業績が悪化したことも、決して悪いことではないと思える。城東製薬が順境にあれば、こんな危ない橋は渡ろうとしないだろう。起死回生の秘策が必要だから、不老石に手を出した。自分は、会社の危機さえ利用して、妻を助けるのだ。

秋葉原駅に着いた。みづきは別の電車に乗るから、ここでお別れだ。

「せっかくの休みに、悪かったね。といっても、今日明日のうちに、もう一度声がかかるかもしれない。また連絡していいか？」

「もちろん」みづきは即答した。「これほど大切な仕事なんですから、飛んできます――小宮山所長と違って」

なんだ。同じことを考えていたのか。二人で顔を見合わせて、笑った。

自分は総武線、みづきは京浜東北線に乗る。京浜東北線のホームに上がるエスカレーターの前で別れた。

総武線の車内は、混んでいた。貴重なサンプルを入れたバッグが他人にぶつからないよう注意しながら、つり革につかまって電車に揺られていた。

ぼんやりと車窓を眺めながら、中里は前川の言葉を反芻《はんすう》していた。

三人の宿主のうち、一人が襲われて不老虫が殺されたのだという。しかし暴漢は、肝心の不老石は置いていった。

暴漢の正体はわからないけれど、前川は社内を疑っているようだ。しかしその目的がわからない。

今日、三人のうち一人からは、無事に不老石を取り出すことができた。今のところ、一勝一敗だ。だったら、三人目を確実にものにすることが大切になる。

前川さん。頼みますよ――。

中里は、ごつい身体の商社員に、心の中で話しかけた。

*

田沼は、手術室の椅子に座り込んでいた。

患者は、手術台の上で眠っている。

立ち上がり、壁の棚に向かう。前川に、メスとピンセットがあるとして指し示した場所だ。最上段の引き戸を開けると、中には焼酎《しょうちゅう》の瓶とグラスが入っていた。取り出す。

先ほどまで不老虫が載っていた台の上にグラスを置くと、焼酎を注いだ。水も氷も入れずに呷《あお》る。

「いったい、何なんだ……」

一人、そう呟いた。

秋葉原は神田明神の麓《ふもと》に医院を構えたのは、祖父だ。父が後を継ぎ、長男として生まれた自分もまた、医院を継ぐものと、自然に考えていた。中堅どころの私立医大を出て、しばらく外の医療機関で修業してから、父の後を継いだ。絵に描いたような、平凡な町医者だ。

しかし町医者には、大学病院や総合病院とは違った問題がある。自分の場合は、幼なじみが暴力団に入ったことだ。

ある日、幼なじみから連絡が入った。

「訳ありの病人を診てくれないか」

幼なじみは、そんなことを言った。彼が連れてきたのは、外国人女性。体調不良の原因は、食中毒だった。田沼の処置が的確だったからか、すぐに健康を取りもどした。その後、幼なじみの上司を名乗るサングラスの男が、治療費として、かなりの金額を置いていった。口止め料と理解した。

いいだろう。医師には元々、守秘義務がある。後ろ暗いところがあるからといって脅したりしたら、こちらが危ない。揉《も》め事になって表沙汰になったら、警察や税務署がやってくる。それはまっぴらごめんだ。黙って治療して、黙って金を受け取る。それ以上の関わりを持つ気はなかった。

この一件で、田沼は「使える」医師と認識されたのだろう。それ以来、かなりの頻度で、真っ当な医師に診せられない病人が担ぎ込まれることになった。その中には、少なからず望まない妊娠をした女性もいた。田沼は何も訊かず、黙って堕胎処置を施した。

祖父の代から続いている町医者だ。常連の診療だけで、十分以上の収入を得られる。それなのに裏社会の人間と手を切らなかったのは、実際に患者たちと触れ合ってしまったからだ。

彼女ら、彼らは、異国の地で必死にがんばっている。それが暴力団に搾取されるものであったとしても、今日を生きるのに必死なのだ。彼らを、護らなければならない。

近所の常連だけを相手にしていたのでは、決して知ることのできなかった世界。自分は、それを知ってしまった。だったら、医師としての使命を果たすだけだ。

しかし、今日の件は――。

田沼は先ほどの出来事を思い返した。女性の子宮から出てくる、不気味な寄生虫。あんなもの、医大では習わなかった。それはいい。自分が知らなかっただけで、世の中にあのような寄生虫が存在していても、不思議はない。

問題は、あの寄生虫が、意図的に持ち込まれたことなのだ。しかも、人間を宿主として利用して。

前川とは、それなりに長いつき合いだ。彼は暴力団員ではないけれど、表に出せない仕事をしているらしい。その関係で、何度か彼が連れてきた患者を診たことがある。金払いもいいし、前川自身も信頼できる人物だと思ったから、黙って仕事を引き受けていた。

でも、今日だけは納得できない。

前川にとって、今日の患者は道具なのだ。彼が連れてきた連中は、実験器具の扱いに慣れていた。おそらくは、どこかの研究機関の所属だろう。連中は寄生虫の身体から何かの粒を取り出して、帰っていった。あれが狙いだったのだ。つまり、患者はあれを得るための道具だったということになる。

わかっているのだ。暴力団員だって、アジアの女性を道具として使っている。前川もまた、同じことをしているだけだということは。

しかし、やはり違うのだ。子宮という、女性にとって最も大切な器官を、寄生虫を育てる培養槽として使うのは。

きちんと診療していないけれど、あのような寄生虫がいた以上、患者の子宮はもうまともな状態ではないだろう。自分は、それを許容していいのか？

許容するしかない。

それは、わかっている。わかっているのだ。裏社会から便利に使われ、その結果税務署に申告しなくていい大金を稼いでいるのだから。

前川は、さらに、もう一人連れてくるという。そして、同じことをさせる。自分は、依頼を受けることになるだろう。

グラスが空になった。これ以上飲むと、前川がすぐに連絡を取ってきた場合、対処できない。しかし、飲まずにはいられなかった。ボトルから、焼酎を注ぎ足す。

焼酎を飲んで、荒い息を吐く。

裏社会と接点を持つようになって、幾度か抱いた感情だ。このまま、連中とつき合っていいものか。いつも結論は同じ。自分が離れてしまえば、海を渡ってきた彼女たちを助ける人間がいなくなる。

自分を納得させるための詭弁《きべん》に過ぎないこともわかっている。でも、それにすがらなければ、やっていられない。

田沼は焼酎を呷った。この世ならぬ存在を見て、動揺している。鎮めなければならない。

田沼は、焼酎と自分の内面に集中していた。

だから、ホーロー缶のふたが中から押し上げられたことに、気づかなかった。

*

焦るな。

酒井は、必死に自分に言い聞かせた。

二人と一頭は、秋葉原駅の東側、神田川にほど近いエリアを捜索している。

昼食後、駅の東側に場所を移して、不老虫の気配を捜して回っている。しかし、ジャカランダもビオも反応しない。

より感覚が鋭敏だといわれるビオの索敵範囲がどのくらいの広さなのか、正確なところはわからない。しかし昨晩の動きを考えると、おそらくは数十メートル。つまり、それなりに近づかなければ、わからない。

不老虫の一匹を処理したことは、相手の知るところになっている。彼らが残る二人を別の場所に移しているのなら、いくら捜しても見つかるはずがない。

そんな、あきらめに近い感情が湧き起こりそうになる。だからといって、やめるわけにはいかない。少なくとも、秋葉原の東西南北の隣駅を結んだエリアは捜さなければ、責任を果たしたことにならない。

腕時計で現在時刻を確認する。午後三時半になっていた。休憩する？——そうジャカランダに話しかけようとしたとき、携帯電話が鳴った。有原から貸与された方だ。液晶画面を見ると、若木だった。

「はい」

『また密告がありました』

若木が前置き抜きで言った。身体に緊張が走る。

『神田明神の近くにある医院に、宿主がいるそうです』

「神田明神ですか」

頭の中の地図で、神田明神の位置を確認する。今いる場所とは、駅を挟んだ反対方向だ。

「なんという医院ですか？」

『田沼医院とのことです。男坂の近く』

「そこにいる宿主は一人ですか？　二人ですか？」

『そこまでは言っていませんでした』

「わかりました。私たちはその医院に向かいます。そちらは、引き続き写真の男たちを探ってください」

『承知しました』

電話を切って、ジャカランダに向き直った。通話の内容を説明する。

「というわけだ。申し訳ないけど、駅の向こう側に戻ろう」

「わかった」

スマートフォンで田沼医院を検索すると、あっさりと場所が見つかった。確かに、男坂の近くにある。あの辺りは午前中に確認しているから、宿主の女性がそれ以降に移動したのなら、入れ違いということになる。もしそうであっても、仕方がない。こちらは、マンパワーが圧倒的に不足しているのだから。

「それにしても、病院とは、考えたな」

移動しながら、酒井は言った。「不老虫が成長すると、宿主は体調を崩すということだったね。だったら、病院は隠匿《いんとく》先として最適だ」

「そうね」ジャカランダが気のない声で答える。「それなら、昨日の女性が病院にいなかったことに説明がつかないけど」

「あの女性は、まだ体調を崩していなかった」

すぐさま酒井は答える。こっちだって、考えなしに発言しているわけじゃない。「具合が悪くないのに入院させるのは、あまりにも不自然だ。宿主の女性に怪しまれないためにも、それはできなかった」

「……なるほど」

「それに、危ない患者を隠すわけだから、病院ならどこでもいいってわけじゃない。それなりに理解のある病院に限られる。リスク回避のために病院を分けたくても、そんな気の利いた病院を三つも見つけられなかったのかもしれない」

「いちいち、そのとおりだね」

ジャカランダが感心したように答える。今度は、少し発言に熱がある。「だとすると、今から行く病院は、結構重要か」

「そのとおりだ」

昭和通りを渡って、線路をくぐる。買い物客でごった返す中央通りを横切って、神田明神に向かう。『田沼医院』という看板の前で立ち止まった。「ここだな」

「うん。間違いない。ここにいるよ」

ジャカランダが言い、ビオが鳴いた。

白く塗られた壁は、古ぼけて見えた。看板の診療案内を見ると、土曜日は休診日になっている。事実、ガラス戸の玄関には、内側にカーテンが掛かっていた。しかしジャカランダとビオが反応した以上、間違いなくこの中に不老虫は、いる。

ガラス戸の玄関を、そっと押してみた。すると、意外なほどあっさりと開いた。すぐには入らず、玄関ドアが開いたことで中に反応する人間がいないか気配を探る。気配はない。滑り込むように屋内に入った。

待合室は照明が消えていて、受付カウンターには、人の気配がない。間違いなく、休診日だ。しかし、無人ではない。宿主がいるはずだ。建物の中を探らなければならない。どう考えても不法侵入だけれど、今さら気にすることもなかった。もしこの医院の関係者が警察に通報したとしても、所轄の万世橋警察署長は事情を知っている。許してもらえるだろう。

捜すまでもなかった。奥から悲鳴が聞こえたからだ。女性のものではない。野太い、男性の悲鳴。

思わず二人で顔を見合わせた。次の瞬間、廊下の奥に向かってダッシュする。

「こっち！」

ジャカランダは『診療室』と書かれたドアではなく、奥のドアを開けた。

部屋の中央には、手術台が置かれていた。天井からは大きな照明。ひと目で手術室だとわかる。手術台の上には、アジア系と思われる女性が横たわっていた。しかし酒井たちが目を奪われたのは、女性ではなかった。ベッドの脚下の床で、白衣の男性が転げ回っていた。

太った男性だ。叫び声を上げながら、必死に両手を振り回している。その振り回した手に、長いものが当たる。その度に長いものは弾かれるが、すぐに男性の顔めがけて伸びていく――不老虫だ。

「ビオ！」

ジャカランダが鋭い声を発した。ビオが跳ぶ。男性の眼窩《がんか》に潜り込もうとした不老虫を、直前で捕らえた。口に不老虫を咥《くわ》えたまま、男性の顔を後ろ足で踏んで、もう一度跳ぶ。

手術室の隅に降りた。そこにジャカランダが駆け寄る。

「キョーヘイっ！」

「おうっ！」

酒井はトートバッグからフライパンを取り出した。右手に持って構える。左手には、ガラス製のふた。

ジャカランダが不老虫をつかんでビオの口から外すと、酒井に向かって投げつけた。酒井がフライパンで受ける。びたん、という湿った音がして、不老虫がフライパンに貼りついた。すぐさまふたをする。よし、捕らえた。フライパンを酒瓶とグラスの載った台に置き、すぐにカセットコンロをセットする。フライパンを載せ、着火した。不老虫が完全に炭化するまで、酒井は火を消さなかった。

「ふうっ」

カセットコンロの火を消して、酒井は息をついた。これで、二匹目を退治した。

床に転がっていた男性を見る。白衣——手術着だろう——を着ている以上、医者だ。ひょっとしたら、この医院の院長かもしれない。

「な——」

喋《しゃべ》ろうとして、唾液が気管に入ってしまったのか、ひどく咳《せ》き込んだ。「なんだ、あれは」

「それは、あなたの方が知っているんじゃないんですか？」

酒井は尋ねた。男性の顔が引きつる。

「あなたは、田沼院長ですか？」

酒井がなおも尋ねると、なんとか理性を取り戻したらしい男性が首肯した。

「ああ。そうだ。——あんたたちは？」

どう答えようかと一瞬考えたけれど、ここは本当のことを言った方がいい。

「農林水産省の者です。あいつを追ってきました」

「農林水産省」田沼はオウム返しに言った。自分を襲った生物がどのようなものかを思い出し、農林水産省管轄の案件だと理解したのだろう。自分に対してするように、大きくうなずいた。「そうか」

「田沼先生。あなた、英語は話せますか？」

唐突な質問だったけれど、田沼はすぐさま答えた。「多少は」

「じゃあ、ここからは英語にします。あなたが襲われていた寄生虫は、手術台の女性から取り出したものですか？」

「そうだ」

酒井は手術台の女性に視線をやった。帝王切開のような形で、不老虫を取り出したのだろうか。

「あいつは、哺乳類のオスを認識すると、すぐさま襲ってきます。その割には、女性の患部はきちんと処理されているようです。何が起きたか、話していただけますか？」

田沼が黙る。ジャカランダがデニムジャケットのポケットに手を突っ込んだ。ナイフで脅して吐かせるつもりなのだ。酒井がジャカランダの右手に手を添えて止めた。

「言いたくないのなら、かまいません。私たちは退散して、後は税務署の人間に任せることにします」

田沼の顔が引きつった。

予想どおりだ。仮にも医師なのだ。不老虫がどれほど危ない存在なのか、理解しているはずだ。それなのに、商社の依頼を受けて、秘密裏に取り出した。普段から非合法な医療を施して、闇の報酬をもらっているのだろう。それならば、脱税額もかなりのものだ。その点を突いたら、案の定反応した。

田沼が、あきらめたように頭を振る。

「わかった。話す。でも、これでも医者なんだ。守秘義務がある。そこは、わかってくれ」

酒井は慈悲深くうなずいた。

「わかりました。まず、話せる範囲で話してください」

田沼はのろのろと立ち上がると、椅子に座った。不老虫を炭にしたカセットコンロの脇からグラスを取り、まだ残っている液体を喉に流し込む。匂いからして、焼酎だ。ジャカランダが眉をひそめたけれど、口に出しては何も言わなかった。

田沼の気持ちもわかる。いくら後ろ暗い仕事をしているとしても、あんなものに襲われたのだ。精神がアルコールを欲しても責められない。

田沼は、言葉を選びながら話し始めた。

とある知り合いに、東南アジアから来た患者を診てほしいと頼まれたこと。

帝王切開で子宮にいるものを取り出すよう指示されたこと。

子宮から出てきたのが寄生虫で、立ち会った何者かがエタノールの瓶に入れて殺したこと。

寄生虫が死んでから、身体を裂いて中から石のようなものを取り出したこと。

立ち会った人間が、血液の入った容器に石を入れて持ち帰ったこと。

「間違いなく、死んでたんだ」

田沼は、悪夢を思い出したように身を震わせた。「エタノールに漬けられて、身体を裂かれたんだぞ」

また焼酎を呷る。

「それなのに、あいつは襲ってきた」

「エタノール？　身体を裂いた？」

ジャカランダが鼻で嗤《わら》った。「そんなことじゃ、あいつは死なない」

フライパンを指し示す。「こんなふうに、完全に焼き殺さないかぎり、いくらでも復活する。でも——」

ジャカランダの表情が、やや柔らかいものに変わった。「さすがに、弱ってたみたいね。動きが鈍かったから、あなたは助かった」

田沼が顔を上げた。侵入者が美女だということに、今さらながら気づいたようだ。目を大きくした。

「本当は、もっと動きが速いのか？　死ぬかと思ったぞ——そうだ。まだ礼を言っていなかった。助けてくれたことに、感謝する」

ジャカランダは唇だけで笑った。

「本当は、あなたの命なんて、どうでもいいんだけどね。誰かさんが、人が死ぬのを好まないから」

酒井は苦笑するしかない。

「いくつか、質問があります」

気を取り直して話を進める。「まず、あなたに依頼した人間です。何者ですか？」

田沼は表情を硬くした。「それは、言えない。守秘義務事項だ」

口調からは、単に都合の悪いことを言いたくないという以上の信念が感じられた。医師として、本当に言ってはいけないと考えているのだろう。

「わかりました。口では答えなくていいです。態度で示してください」酒井はスマートフォンを取り出した。「この人ではないですか？」

今朝ほど、若木から送られてきた画像を開いた。年長の方だ。田沼に見せる。医師は「ぬうっ」と唸り、小さく首肯した。相手が依頼人の画像を所持している以上、しらを切り続けるのは適当ではないと判断したのだろう。守秘義務とのぎりぎりの妥協点が、行動に表れている。

「もうひとつ。立会人がいたということでしたが、何人いましたか？」

「四人だ」今度は素直に答えた。「男が三人と、女が一人」

「男のうちの一人は、この人でしたか？」

年長の画像を閉じて、若い方を開く。田沼はまた首肯した。

「後の二人は、知らない。本当に知らない連中だった」

「どんな人たちでしたか？」

田沼は記憶を辿るように宙を睨んだ。

「男は三十代、女は二十代くらいだった。医者ではなさそうだったが、あれは理系だな。研究者の雰囲気を漂わせていた。実験器具の扱いにも慣れていたし」

研究者か。どこかの研究機関が、不老石を研究するために、商社に日本への持ち込みを依頼したのだろうか。

「寄生虫の身体から取り出した石を、その連中は血液に入れて持ち帰ったと言いましたね。どうして血液に入れたのか、知っていますか？」

「そうしないと、失活すると言っていた」田沼は答える。「一人が、他の場所で取り出されたものがあるが、血液に入れてなかったから失活しているだろうと言って、それも渡していた」

他の場所で取り出されたもの。昨晩、事務所でジャカランダがテーブルに置いた石のことだろう。やはり、昨晩のことは確実にばれている。

「不老石は、取り出してすぐに正しい処理をしなければ役に立たない」

ジャカランダが口を挟んだ。「人血での保管は、地元でもごく一部の人間しか知らないこと。よく知ってたね」

生息域でもほとんど知られていないことを、不老石を持っていった連中は知っていたわけだ。なぜ知ることができたのか。それは、なぜ連中が不老石の伝説を真に受けたのかにも通じる謎だ。しかし、ここで考えていても意味がない。先に進まなければ。

「ともかく、残るは一匹だけだ」

酒井はまとめに入った。「あなたに仕事を依頼した人間は、もう一回同じことをしてもらうと言っていませんでしたか？」

田沼が、また黙り込んだ。それはそうだろう。肯定すると、依頼人がまたここに来ることがわかってしまう。待ち構えられて、お縄になる。依頼人の口から、自分の旧悪が明らかになるのを恐れているのだ。

酒井は大げさにため息をついた。

「あなたのことは、もう警察は知ってますよ。私たちは、警察からの情報でここに来たんですから」

田沼の顔が引きつった。

「警察があなたをどうするか、私は知りません。というか、どうでもいい」

酒井は酒臭い顔に顔を近づける。「私が知りたいのは、あなたの考えです。あれを見たでしょう？　人間の子宮に寄生して、胎児を食べて成長する。そんなものが日本に入ってくるのを、あなたは医師として容認するんですか？」

「そんなわけないだろうっ！」

田沼が突然大声を出した。至近距離だったから、唾が酒井の顔にかかる。ひどい仕打ちだ。

「あんたの言うとおりだよ。俺は、あれを見たんだ！　俺は医者だ。医学生時代から、色々な寄生虫を見てきた。でも、あれは別物だ。あんなもの、根絶やしにしなければならないんだ！」

「でも、依頼人はそう考えていない」

ジャカランダが冷静に言った。田沼が身体を震わせ、ジャカランダに顔を向ける。

「依頼人に不老虫を持ち込ませた連中は、不老石をひとつだけ手に入れた。ひょっとしたら、もうひとつ手に入れられるかもしれない。でも、不老石の機能を解明するのに、ひとつやふたつで足りるわけがない。次々に持ち込もうとするか、日本国内で増やそうとするか。そのどちらかだね」

田沼が喉の奥で唸った。ジャカランダがなおも続ける。

「不老虫を扱う連中は、研究室の中に閉じこめているから安全だと言うでしょう。でも、あいつを制御できると思ったら大間違い。いつか、いつの間にか、拡散する。ハイキングに行った女性が、山で寄生されるかもしれない。安宿で寝ていたら、いつの間にか股間に入ってくるかもしれない。日本は、そんな国になる。あいつの生息地と違って、日本は人口密度が高いからね。爆発的に増えるでしょう。あなたは、それに手を貸すわけだ」

ジャカランダが話し終える前から、田沼は両手で顔を覆った。

「俺に、どうしろって言うんだ……」

「難しいことはありません」酒井が答える。「依頼人から連絡があったとき、私たちに教えてほしいのです」

ボディバッグからペンを取り出し、周囲を見回した。しかしここは手術室だ。文字を書ける紙らしいものはない。仕方がないから、田沼の白衣のズボンに、有原から預かった携帯電話の番号を書いた。

「あなたの携帯電話の番号は？」

田沼が答え、携帯電話に電話帳登録する。これで、田沼からかかってきたら、すぐに判別できる。

「依頼人は、もう一人連れてくるタイミングを、いつ頃って言っていましたか？」

田沼は顔を上げた。

「明日か、明後日だと言っていた」

明日は日曜日だ。病院は休診日だから、今日と同じで問題ない。問題は明後日だ。月曜日だから、普通に患者が来る。まさか、一緒にすることはないだろう。月曜日ならば、診療時間の終わった夜か。

「わかりました」酒井はペンをしまった。「とにかく、依頼人から連絡があったら、教えてください。あなたも私も、あいつの存在を知ってしまった。知ってしまったからには、あいつが増える前に殺す義務があります」

話しながら、妙な違和感を覚えた。

あいつが増える前に。

たった今、自分自身が話した言葉だ。ジャカランダも、日本は人口密度が高いから、爆発的に増えるだろうと言っていた。そのとおりだと思う。なのに、何かが引っかかった。

しかし答えが出てこない。仕方がないから、再び太った医師に意識を集中させた。

田沼はしばらく黙った後、絞り出すように言った。「そのとおりだ」

「お願いしますよ」

酒井は田沼の肩をぽんと叩いた。

「ジャカランダ。そこの女性にまだ不老虫が残っていないか、確認してくれないか」

「わかった」

ジャカランダが手術台で眠る女性に歩み寄った。切開したばかりの下腹部に手を当てる。ビオも手術台に降り立った。

「大丈夫。あれだけ成長していたのに、産卵していなかったみたい」

「そうか」

酒井は安堵交じりに返事をした。騙されて日本に連れてこられた女性。これ以上、苦労をかけたくない。

「田沼先生。この女性をお願いします。手厚く看護してあげてください」

田沼は片手を弱々しく振った。

「心配しないでくれ。これでも医者なんだ」

「信じます」

酒井は隣の流し台でフライパンを洗い、カセットコンロと共にトートバッグにしまった。

「ここには、もう用はない」

ジャカランダを見る。ひどく疲れた顔をしていた。昨晩もそうだった。彼女は、不老虫を退治すると、ぐったりする。「行こう」

医院を出た。外はすっかり夕暮れだ。まず自分のスマートフォンで江本にメールを打つ。

『二匹目終了。不老石は持ち去られましたが、サトゥルヌス・リーチは退治しました。明日以降、三匹目を始末します』

送信して、今度は預かった携帯電話を取り出す。若木警部補に電話をかける。五コールでつながった。『はい』

「酒井です。今、お電話大丈夫ですか？　ええ、そうです。終わりました。密告どおり、田沼医院に二匹目がいました。ここの院長に確認したところ、今朝ほど送っていただいた写真の男二人が関与しているのは、間違いありません」

田沼医院でのやり取りを、簡単に説明する。

『男たちが何者なのか、何か言っていましたか？』

「いえ、男たちの素性は話してくれませんでした。私には捜査権がありませんから、無理やり訊き出すことはできません。それは、警察の皆さんにお願いします」

『現段階では、警察でもたいしたことはできません。迂闊にアプローチしても、警戒されるだけです』

まあ、そうだろうな。

「ともかく、残るは一匹です。男たちは、明日か明後日に、宿主を連れてくると言っていたそうです。男たちから連絡が来たら、私に電話してくれるよう、院長にお願いしておきました」

『信用できますか？』

「わかりません」酒井は素直に答えた。「でも、不老虫を始末しなければならないと考えているのは、間違いありません」

『わかりました。では、院長から連絡があったら、教えてください』

「承知しました。失礼します」

電話を切る。刑事とのやり取りを、ジャカランダに話した。

「警察は、医院を監視するでしょうね」

「でも、若木警部補が言うように、実際には手出しできない。宿主の女性を連れて現れたところを拘束しようにも、罪名がない。女性が不法入国だったら出入国管理法違反に問えるだろうけれど、そうでない可能性だってある。なんといっても、一応は入国できてるんだから」

「不老虫を日本に持ち込んだ罪っていうのも無理か」

「そう思う。女性が寄生虫に感染しているなんて、知らなかったと言えばいい。不老虫はワシントン条約で保護された動物じゃないから、そちらの罪にも問えない。もし連中が意図的に不老虫を寄生させたのなら傷害罪に問えるかもしれないけれど、ベトナムでのことだ。日本の法律で罰することはできない」

ジャカランダがため息をついた。

「ってことは、非合法に動けるわたしたちしかいないってことだね」

「本当は僕たちも非合法に動いちゃいけないんだけど、そのとおりだ。でも、今日は切り上げよう。三匹目は、明日か明後日には、あの病院に来る。どこにいるかわからない宿主を捜してうろつき回るよりも、効率的だ」

「でも、今夜かもしれない」

「そのときは、あの医者が連絡をくれるだろう。依頼人のために不老石はくれてやっても、不老虫は殺したいはずだから」

ジャカランダが、酒井の顔を見上げた。

「わたしは、大丈夫だよ。少し休めば、よくなる」

「ダメだ。帰ろう。それに、もう駐車場だ」

目の前には、UDXビルがそびえ立っている。エレベーターで地下に降りて、車に乗り込む。

車を地上に出して、ふたつ目の信号までは、お互い無言だった。三つ目の信号で停止したとき、ジャカランダが口を開いた。

「寄生虫一匹殺したくらいで、どうして、そんなにぐったりしてるんだと思ってるでしょ」

酒井は別の言葉で肯定した。「心配してるんだ」

ジャカランダは唇を歪めた。「仲間を殺したから」

不覚にも、固まってしまった。「……えっ？」

後ろからクラクションを鳴らされた。見ると、信号が青になっている。慌てて車を発信させた。

「あなたがその目で見たように、あいつは哺乳類の子宮に寄生する。そこで子宮内膜を食べて成長する。宿主が妊娠していたら、胎児も餌になる。でもね」

いったん言葉を切って、深呼吸する。

「ごく稀《まれ》に、食べられない胎児がいる。理由はわからない。でも、胎児と不老虫が同時に成長することがあるんだ。そして母親は、子供と不老虫を同時に出産する。それが、わたし」

酒井は息を呑んだ。ハンドル操作を誤りそうになる。幸い、また赤信号だ。車を停めて、助手席の女性を見た。

「そんな生まれ方をした子供が、周囲からどんな目で見られるか、わかるでしょ。簡単にいえば、穢らわしい存在。忌むべき対象なんだ。でもね。そうやって生まれてきた子供には、不思議な性質がある。不老虫に襲われないという性質が。だからわたしは不老虫をつかんでも、腹を裂いても、攻撃されない。向こうにもわかるんでしょうね。わたしが、仲間だってことが」

「………」

返事ができない。ただ、思いあたることはあった。はじめてジャカランダに会ったとき、くらりとするような香りが鼻をついた。あのときは、彼女がつけている香水だと思っていた。しかし思い出してみれば、不老石に顔を近づけたときにも、やはり強い香りがしたのだ。そう、同じ香りだ。

「だから、村長はわたしを幽閉した。他の村人との接触をなくして、不老虫が現れたときにだけ、外に出られた。そして子宮から不老虫を取り出して、腹を裂く。わたしは幼い頃からずっと、高く売れる不老石を取り出す役目をさせられてた」

「——ビオも？」ようやく声が出せた。「ビオも、同じように生まれてきたのか？」

ジャカランダは前を向いたまま首肯した。

「そう。わたしとビオには、仲間である不老虫を感じる能力がある。昨日も見たように、ビオの方がずっと鋭い。期待されたんだろうね。だからビオが生まれたら、すぐにわたしのところに連れてこられた。そこからは、少し能動的になった。村長はビオに不老虫を捜させて、見つかったらわたしが取り出す。あなたが言ったように、まさしくハンターだった。わたしたちは、ずっとパートナーだったんだ」

そうか。それで、宿主の女性と同じ言葉が話せたのか。でも、だったら、どうして今はアメリカにいるのだろう。

疑問に対する答えは、話の続きにあったようだ。ジャカランダが再び口を開く。

「状況が変わったのは、わたしが十歳くらいのとき。くらいって言ったのは、自分の年齢が正確にはわからないから。犯罪組織が、村を襲った。村ではケシを栽培してたから、その関係でトラブルになったらしい。村長をはじめ、村民は皆殺しに遭った。でも、そのとき軍隊も出動していて、襲った犯罪組織も全員殺された。離れた場所に幽閉されていたわたしだけが、生き残った」

土曜日の夕方だ。道は混んでいた。酒井はストップアンドゴーをくり返しながら、ジャカランダの告白を聞いていた。

「FBIの捜査官が、軍隊に帯同してたの。村のケシから作られた麻薬が、アメリカに密輸されていたから。わたしは、FBIの捜査官に発見されて、助け出された。それが、マクアダムス捜査官。彼はわたしをアメリカに連れて帰った。ジャカランダというのも、彼の命名。ビオもね。それまでは、名前なんてなかった。この名前は、気に入ってるよ。あの村にはいい思い出なんてひとつもないけど、ジャカランダの花だけは好きだったから」

ジャカランダは一瞬、遠い目になった。故郷のことを思い出しているのだろうか。

「お父さんは」酒井が口を挟んだ。「お父さんは、不老虫のことを知ってるのか？」

「うん。現地に危険な寄生虫がいて、それを殺す仕事をさせられていたことは知ってる。不老虫や不老石って名前も聞いてるけど、信じてはいないみたいだね。わたしがアメリカで奇異な目で見られるのを防ぐために、誰にも言わなかった。ただ、日本から来た警察官とウマが合って、その人にだけ話しちゃったみたい。日本政府は、そこからわたしにたどり着いたんだ」

偶然ということか。密告を聞いた警察官の近くに、たまたまマクアダムス捜査官の知り合いがいた。彼か彼女かが不老虫の話を思い出して、ジャカランダにアプローチした。幸運だったのだ。

「よく、お父さんが訪日に賛成したね。そんなこと、やらせたくなかっただろうに」

「癌だって言ったでしょ。入院してるから、今わたしが日本にいることは、知らない」

それもそうか。父親の治療費を稼ぐためと言ってしまったら、逆に反対されるだろう。

「ともかく、以来ずっとアメリカで暮らしている」

ジャカランダは話を戻した。

「子供がいなかったからか、奥さんもわたしを歓迎してくれて、娘として扱ってくれた。ありがたい話だよ。おかげで、幸せな日々を過ごせてる」

「……………」

コメントしようがないくらい、壮絶な生い立ちだ。普通なら同情するところだろう。しかし酒井が感じたのは、別のことだった。

ちょっと待て。生まれてから十歳まで、ベトナムの奥地でずっと幽閉されていた。初等教育も受けていなかっただろうし、もちろんＡＢＣなんて知るわけがない。それなのに、渡米してわずか十年で、世界でもトップクラスのスタンフォード大学に合格したって？

「ギフテッド《天才》……」

つい、口からそんな言葉が滑り出てきた。ジャカランダが顔をしかめる。

「よしてよ。その言葉は、好きじゃない。こっちだって、努力したんだから」

「ごめん」酒井は素直に謝った。真の天才は、天才と呼ばれることを、何よりも嫌う。

ジャカランダはこちらを見た。

「というわけで、あなたの隣にいる女は、そんな奴。どう？」

自分は穢れた存在なのだ――彼女はそう言いたいのだろう。

不老虫。あのような忌まわしい生き物と一緒に生まれた人間。激しい憎悪を抱いているはずなのに、精神の奥深くが仲間と認識してしまい、殺すと精神的なダメージを受ける。にもかかわらず、幼い頃から仲間を殺し続けてきた。昨晩の行動からすると、宿主となった哺乳類は、まず殺害される。その上で、死体から不老虫を取り出している。たとえ宿主が人間であっても。彼女はそう教えられて、当たり前のように宿主を殺し続けてきた。彼女は自分で言ったとおりの存在なのかもしれない。人間社会の感覚では、穢れているのかもしれない。でも。

それが、どうした？

「ジャカランダ」

前を向いたまま呼びかけた。ジャカランダの身体が、ほんの少し震えた。「何？」

「うちに来ないか？」

ジャカランダが瞬きする。「えっ？」

「ビオが一緒だと、どうしても食事が簡単になってしまう。うちなら、少しはマシなものを食べられると思う。ほんの少しだけど」

路肩に車を停める。スマートフォンで夏乃を呼び出した。

『どしたの？』

回線がつながると同時に、夏乃が訊いてきた。

「今、どこ？」

『駅前。ジムに行ってて、今からスーパーで夕食の材料を買って帰る』

「その材料、三人分にしてくれ」

『えっ？　何？』

戸惑ったような声。

「外国からお客さんが来てるって言っただろう。今日の仕事が終わったから、うちに招待しようと思ってる。まだ出先だから、今からだと三十分以上かかるけど」

『わかった。準備しとくよ。お客さんは、食べられないものとか、食べちゃいけないものとか、ある？』

夏乃もアメリカで過ごした経験がある。アメリカ在住時代、父が自宅に客を招いて食事することは、珍しくなかった。だからすぐに反応した。

「ないとのことだ。無理に日本っぽいメニューとか、考えなくていいよ」

『そんなの、作れないよ』電話の向こうでカラカラと笑う。『お客さんには、過度な期待をしないよう、前もって言っておいて』

「わかった。悪いな、急な話で」

『全然』

「それから、お客さんは猫を連れている。猫のごはんも必要だ」

『猫』声が弾む。『キャットフードがいいかな。それとも、魚とか』

「鶏肉なら、問題なく食べられる」

『わかった。念のため、色々用意しておくよ』

「サンキュ」

電話を切って、車道の流れに戻る。

「妹に連絡しておいた。二人暮らしなんだ。妹も英語に不自由しないから、安心してくれ」

「……悪いね」

うちに来ること自体は、拒否していないようだ。安心して、進路を新宿から自宅に変更した。自宅は、東京都三鷹《みたか》市にある。新宿の西側に位置している場所だ。

「あら」自宅に帰ると、夏乃が甲高《かんだか》い声を出した。「あらあらあらあら」

兄が連れてきたのが若い女性だということに、よほど驚いたのだろう。

「ようこそ。ナツノ・サカイです」

「ジャカランダ・マクアダムスです。この子は、ビオ」

「よろしく、ビオ」

ビオは反応しなかったけれど、夏乃はまったく気にしていない。ジャカランダと握手する。

「汚いところですが、どうぞ、奥へ」

謙遜《けんそん》だ。夏乃は片づけ魔で、酒井が出したものをそのままにしておくと、いつも叱られる。事実、リビングはきれいに整理整頓されていた。ダイニングテーブルに案内する。

夏乃がボイルした鶏肉を皿に出した。ビオ用だ。ビオの前に出すと、すぐに食べ始めた。よしよし、疲れていても、食べられるのはいいことだ。

「飲み物は、ビールでいい？　ワインもあるけど」

「じゃあ、ビールで」

酒井が冷蔵庫を開けてビールを出した。小柄な瓶ビール。小さな醸造所が造っている、いわゆるクラフトビールだ。

「日本のサイタマっていうところで造ってるビールだよ。バドワイザーやクアーズより、味が濃い。西海岸でいえば、アンカー・スチームみたいな感じかな」

グラスに注ぎながら説明する。

「ありがと」

酒井はキッチンに立つ妹に声をかけた。「お前の分も、注いでおくぞ」

「わかった。乾杯だけさせて」

手を止めて、ダイニングテーブルにやってきた。三人でグラスを触れ合わせる。今日もひどい経験をした。冷たいビールが喉に浸みる。

「お待たせ」

夏乃が次々と料理を運んできた。

ワカメと豆腐のサラダ。

ホタテ貝とニンニクの芽の中華風炒め。

牛肉を叩いて延ばしたウィンナーシュニッツェル。

見事なまでの、和洋中折衷《せっちゅう》だ。そして主食は米飯でなく、ざるそば。

「ごはんを炊く時間がなかったから」

夏乃はそう説明した。それはそうだ。突然の来客だったのだから。にもかかわらず短時間にこれだけできる妹の能力に、兄ながらあらためて感服する。

「日本には、食べきれないくらいの料理を出して残してもらう習慣は、ないの。全部食べていってくださいね」

三人と一頭の晩餐が始まった。

社交的な夏乃のこと、わずか十分で「ジャッキー」「ナツ」と呼び合う関係になった。さすがだ。

「土曜日も仕事なんて、わざわざ日本まで来て、大変だね」

感心半ば、呆れ半ばの口調で夏乃が言った。ジャカランダが豆腐を飲み込んで答える。

「まあ、日本にいられる時間も限られてるから。あまり曜日は関係ない仕事だし」

「恭平は、役に立ってる？」

「もちろん」即答した。「すごくね。通訳としてだけじゃなくて、本当に色々と助けてもらってるよ」

さすがアメリカ人。まだ学生なのにリップサービスがうまい。自分など、何もしていない。せいぜいが、メニューの説明をしたくらいだ。

「そりゃ、よかった」信じたのか信じていないのか、よくわからない口調で妹がコメントした。

「でも、不満はあるな」

ジャカランダが言い、夏乃が身を乗り出した。「何、なに？」

ジャカランダが自分自身を指し示した。

「だって、こんな美女が来たのに、口説《くど》かないんだよ。そんなこと、あり得る？」

「あり得ないね」偉そうに夏乃が言った。「日本の男は、本当にだらしないんだから」

二人で花が咲いたように笑った。その様子を見て、酒井は少し安心する。

日本に来てから、ジャカランダはずっと気が張り詰めっぱなしだった。当然だ。言葉もわからず文字も読めない国で、古傷をえぐるような仕事をさせられているのだから。自分に対して少しは打ち解けてくれたようだけれど、リラックスにはほど遠い状態に置かれているのは間違いない。

けれど、家庭料理を食べ、同世代の女の子と話す姿は、ほどよく緩んでいるように見える。

連れてきてよかった。

酒井は心の中で安堵のため息をついた。人間には、こんな時間が必要だ。

酒井自身にとっても、意味があった。夏乃が、ジャカランダのことを色々と訊いてくれたのだ。

スタンフォード大学で、経済学を専攻していること。

フェアトレード普及団体に所属していること。

ＦＢＩの父親の影響で、総合格闘技をやっていること。

カカオ豆の産地から厳選されたチョコレートが、何より好物なこと。

二人の会話を聞いていると、不老虫を退治するハンターではない、等身大の大学生が見えてきた。そう。彼女はまだ大学生なのだ。

「仕事が終わったら、日本を観光していくの？」

「うーん」ジャカランダが酒井を見た。「どうだろう？」

「そのつもりだよ」酒井は答えた。「仕事が終わったら『はい、さよなら』ってわけじゃない。ジャカランダの時間が許すかぎり、楽しんでいってもらいたい」

それこそ、寿司でも天ぷらでもなんでも食べていってほしい。辛い仕事をさせているのだから。

「ナツも来てよ」

「うーん」夏乃が腕組みした。「仕事って、いつ頃終わるの？」

「正確なところはわからないけど」酒井が代わって答える。「月曜日くらいかな」

夏乃は宙を睨んだ。

「来週は月曜日と金曜日が休みなんだ。だから金曜日までいてくれたら、つき合えるよ」

「あら」ジャカランダが目を大きくした。「休みは、不定期なの？」

「そうなんだ」夏乃は頭を掻く。「今やってるのは、老人ホームの運営でね。二十四時間営業、年中無休だから、交代で週末に出勤してるんだよ」

「そりゃ、大変だ」

「そういえば」酒井が口を挟む。「最近、老人ホームではスタッフの過剰労働が問題になってるけど、お前のところは大丈夫なのか？」

「大丈夫、だいじょうぶ」

夏乃は、ぱたぱたと手を振った。「世間では、老人介護施設は低賃金重労働の象徴のように言われてるけど、うちはちゃんとしてるよ。業界水準以上の給料を払って、仕事を無理なく回せるくらいのスタッフを確保してる。だから、サービスはすごくきちんとしてる。その分、料金も高いけどね」

「それなら安心だ」

「昨日だって、本社から連絡が来たんだよ。入居者の方で、家族が来なくなった人はいないかって」

今ひとつ、意味がわからない。説明を求めた。

「うちは介護が手厚いから、家族——この場合だと子供だよね——が、施設に任せきりで会いに来なくなることがあるんだよ。それぞれ仕事があるから仕方ない面もあるんだけど、入居者の気持ちを考えたら、いいことじゃない。本社も、それを気にしてるんだろうね。

家族が来なくなった入居者のリストを作っておくように、指示があったよ。会社の本部じゃなくて、親会社からわざわざそんなリクエストがあるくらいだから、結構気を遣ってるでしょ。わたしがおおせつかったから、明日の午前中には完成させるよ」

なるほど。そういうことか。

「ってことは、おまえも、明日は出勤か」

「うん。しかも夜勤だよ。だから、夜勤明けの月曜日が休み」

夏乃は兄に顔を向けた。

「ともかく金曜日も休みだから、それまでジャッキーが日本にいるようだったら、絶対に教えてよ」

「わかった」

いつの間にか、料理もあらかた食べ尽くしたようだ。あまり遅くまで引き留めておくわけにもいかない。ジャカランダも、頃合いだと考えていたようだ。「そろそろだね」

「ちょっと待ってて。タクシーを呼ぶよ」

タクシー会社に電話をかけて配車を依頼する。ジャカランダは立ち上がった。

「今日は、どうもありがとう」

夏乃は名残《なごり》惜しそうに微笑んだ。「よかったら、また来てね」

「ぜひ、ね」

玄関で夏乃と別れて、マンションを出る。駐車場の車からケージを出して、ビオに入ってもらった。少し待っていたら、タクシーがやってきた。先に乗り込む。

「ガルフ新宿まで」

運転手がメーターをセットして、静かにタクシーを発進させた。この時間なら、それほど道は混んでいないだろう。

ジャカランダが外の景色を眺めながら口を開いた。「いい妹さんだね」

「うん」酒井は素直に認めた。謙遜に意味はないし、夏乃に関しては謙遜したくない。

「いつも助けられてる」

「明日は、どうする？」

「今日と同じような動きにしたい。あの医者の連絡をただ待つだけってわけにはいかない。連絡してこないかもしれないし。向こうも警戒しているだろうから、場所を転々としてるかもしれない。でも、捜さなきゃならない」

「そのとおりだね。今朝と同じ時間でいいかな」

「そうさせてもらうと、助かる」

ガルフ新宿に到着した。料金を支払って、タクシーを降りる。彼女を送って、自分は電車で帰ろう。帰りのタクシー代も請求できるだろうけど、自分一人でタクシーを使うのも気が引ける。それに、新宿から三鷹なら、定期券が使えるのだ。

ホテルに入り、エレベーターまで同行した。エレベーターは、すぐにやってきた。

「今日は、本当にありがとね。なんだか、元気が出てきたよ」

「それは、よかった。じゃあ、また明日」

「うん」

ジャカランダがエレベーターに乗り込んだ。ドアが閉まる。

明日、決着がつくかどうか、わからない。いや、つけなければならない。

忌まわしき不老虫。

日本に上陸した最後の一匹を、退治してしまわなければ。

第四章　日曜日

「いかがですか？」

前川が、心配そうな口調で尋ねた。コニがだるそうな顔を向ける。

日曜日の昼過ぎ。秋葉原駅のすぐ傍にあるホテルに、葉山と前川はいた。不老虫を寄生させた最後の一人、コニをこのホテルに隠しているからだ。

前川が大げさに心配そうな顔をする。

「まだ、お加減が悪いようですね」

一瞬、実験動物を観察するような鋭い視線を送ったが、うつむいているコニは気づかない。すぐに表情を戻す。

「もう少し休んで、具合がよくならないようであれば、病院に行きましょう」

病院とは、田沼医院のことだ。昨日のオーモと同様、あの太った医師に不老虫を取り出してもらうことになっている。

「どうでしょうね」

葉山は日本語で前川に話しかけた。「そろそろ、取り出す頃合いでしょうか」

「そうだな」前川は簡単に答えた。「臨月でもないのに、お腹が大きくなりすぎている。しかも、こんな短期間のうちに。成長しきった不老虫は、勝手に出てくる。そうなる前に、こちらが制御できる範囲で出てきてもらわないとな」

前川はまたコニに話しかける。

「もう、昼食の時間です。食欲はありますか？」

コニは黙って首を振る。

「わかりました。でも、栄養を摂らないと元気になりませんから、ゼリー飲料だけ置いていきます。なんとか喉に流し込んで、安静にしていてください。病院の手配ができ次第、お連れしますから」

前川はコンビニエンスストアのレジ袋から、ゼリー飲料のパウチを取り出した。ベッドサイドに置く。どうせ食事は摂れないだろうと見当をつけて、ゼリー飲料とペットボトルのお茶だけを買ったのだ。前川はこんなとき、読みを外さない。

「出るぞ」

二人で客室を出た。前川は、このホテルの部屋をふたつ取っている。当初、オーモとコニが投宿する予定で予約したからだ。しかしオーモは現在、田沼医院に入院している。空いた部屋は、自分たちの待機用として使うことにした。

「あの調子だと、部屋から出たくても出られないだろう。俺たちは飯を食いに行くぞ」

二人で、近くのとんかつ屋に入った。前川は大柄な身体から想像されるとおり、健啖家《けんたんか》だ。ダブルのロースカツ定食を注文した。ロースカツが二枚ついてくる。葉山はそんなに食べられないから、カツ丼の並にした。

「午後、田沼先生のところに連れて行く。食べ終わったら、城東製薬に連絡を取るぞ」

ロースカツにかぶりつきながら、前川が言った。

「中里主任と館林さんですね。小宮山所長はどうしますか?」

「一応、連絡はする。来るか来ないかは、向こう次第だ」

昨日、不老虫の取り出しに、小宮山は立ち会わなかった。娘のピアノの発表会があったということだったけれど、苦しい言い訳に聞こえる。本当のところは、生々しい取り出し手術を見たくなかったからだと、葉山は睨んでいた。わかりやすくいえば、意気地なし。若い女性である館林みづきの方が、よほど肚が据わっている。

それにしても、と思う。女性の子宮に、意図的に寄生虫を棲《す》まわせるなどという、非人道的なことを自分たちはやっている。同じ女性であるみづきは、なんとも思わないのだろうか。昨日だって、不老虫の腹を無造作に裂いていた。

いくら理系の人間とはいえ、あの冷静さ——いや、冷徹さは際立っている。純粋な研究バカである中里の方が、まだわかりやすい。かなりの美人であるはずのみづきのことを、葉山が敬遠してしまうのは、あの冷徹さが理由だ。

いかん。不老虫のことを考えていたら、カツ丼がまずくなってしまった。ペースが落ちたから、葉山が並のカツ丼を食べ終えるのと、前川がダブルのロースカツ定食を食べ終えるのは、ほぼ同時だった。

「ここは、いい」

財布を出そうとする葉山を制して、前川が二人分の食事代を支払った。磯子商事はそれなりの企業だから、給料は決して安くない。前川は課長職にあるうえ独身だから、金はすべて自分のために使える。だから二人で食事するときは、いつもおごってくれる。

「ありがとうございます」

礼を言って、店を出た。

「田沼先生に電話する」

人通りの少ない狭い路地に入り、携帯電話を取り出した。数秒で回線がつながる気配があった。

「田沼先生ですか？　磯子商事の前川でございます。お疲れさまです。昨日は、どうもありがとうございました。なんだか、お加減が悪そうですね。二日酔い？　それは大変ですね。それで、昨日お話しした、もう一人の処置ですが、本日伺ってもよろしいですか？　そうですか。ありがとうございます。二日酔いは大丈夫ですか？　わかりました。では、夕方に伺います。四時くらいではいかがですか？　助かります。では、四時に伺います」

失礼します、と締めくくって電話を切る。

次は、城東製薬の小宮山と中里に連絡を取る。昨日と同じ流れだ。しかし、前川はじっと携帯電話を見つめたままだった。

「どうしました？」

前川は視線を携帯電話から移さずに答える。「おかしい」

「おかしい？」

前川がようやく顔を上げて、葉山を見た。「田沼先生の様子がおかしかった。本人は二日酔いだと言い訳してたけど、たぶんそれは本当だろう。でも、それ以上のよそよそしさを感じた」

「よそよそしさ」葉山はくり返す。「昨日のことを、またやるのが嫌なんじゃないですかね」

事前情報なしだったから、田沼は相当驚いていたし、怒ってもいた。金を払っているとはいえ、そんな厄介事を持ち込んだ自分たちに対して、腹を立てているのではないか――葉山はそう自説を述べた。

「そうかもしれない」

賛成半分、といった前川の反応だった。「だったら、もっと不機嫌でもいい。でも、さっきの田沼先生は、むしろ感情を抑えようとしていた。不機嫌さを隠そうというんじゃなくて、むしろ平静さをアピールしようとしていたように感じられた」

なんとなく、前川が感じたニュアンスは、わかる。

「田沼先生が、何か隠し事をしてる、と？」

「印象としては、それがいちばん近い」

葉山は、緊張で身体が硬くなるのを感じていた。「まさか、警察に通報を？」

「それはない」

前川は葉山の不安を一蹴した。「あの人は、後ろ暗い仕事に手を染めている。それによって得た金は、もちろん税務署に申告していない。脱税しているわけだから、通報は破滅に直結する」

いちいち、もっともだ。

「では、どうしてなんでしょう」

「わからん」あっさりと言い切った。「でも、逆のパターンならあり得るか。田沼先生が通報したんじゃなくて、警察の方からやってきた」

当たり前の仮説なのに、脳が理解するのに少し時間がかかった。

「警察の方からってことは、脱税の疑いで内偵してたってことでしょうか」

「それにしては、タイミングがよすぎる。まあ、偶然ってのは、そんなもんだけど」

言いながら、視線は宙を睨んでいる。

「ただ、考えるネタはある。何者かがラコの身体から不老虫を取り出した。その何者かは、どうやってラコの居場所を知ることができたのか」

そうだった。コニをどうするかばかりを考えていて、一昨日のことを忘れていた。

「反対派がいるって話でしたね。うちの会社の偉いさん三人が、その候補者だと」

言いながら、思いつくことがあった。「偉いさんたちには、コニのホテルのことは言っていないんですよね。じゃあ、田沼先生のことは？」

「言ってある。言ってあるが……」

言葉を切った。数秒間、黙る。

「妙だな。もし偉いさんが反対派なら、なぜ俺たちが行く前に、田沼医院を押さえなかったのか。しかし昨日、田沼先生の様子は変わりなかった。不老石の取り出しも、邪魔されなかった。反対派は田沼先生にアプローチしていないということだ」

「……」

葉山は返事ができなかった。それもそうだ。前川は続ける。

「昨日は、反対派は警察に密告していないんじゃないかという話だった。警察が動いているにしては、行動がおかしいからだ。その印象は、今でも変わらないし、筋も通っている。警察に密告すれば、うちの会社も無事では済まない。反対派候補は経営層か幹部だから、そんなことをするとは、ちょっと考えられない」

前川は自らの顎をつまんだ。

「そのうえで田沼先生の件を素直に解釈すると、こういうことか。反対派は、ラコを襲ったときには、田沼医院に何もしなかった。そして、俺たちがオーモから不老虫を取り出した後で、田沼医院に行った。そういうことになる」

それはそうだけれど、合理的な解釈をしづらい内容だ。だから、素直に反応した。前川は、わかったふりを最も嫌う。

「わけがわかりません。敵は、いったい何をしたいのか」

「同感だ」前川は素直に認めた。「同感ではあるが、今現在の問題は、他にある。様子のおかしい田沼先生に、コニの処置を頼むかどうか」

「たった今、四時に行くって言ってたじゃないですか」

「言ったよ。でも、実行するかどうかは、別問題だ」

前川がまた携帯電話に視線をやった。つられて葉山も自分のスマートフォンを見る。十二時五十七分だった。約束の午後四時まで、約三時間だ。

「コニについては、期限が迫っている」

前川はそう言った。「いくら俺でも、田沼先生レベルに使い勝手のいい医者を、他に確保できているわけじゃない。どっちにしろ、田沼先生を頼るしかない」

「じゃあ、やっぱり行きますか」

「それしかないだろうな」言った瞬間、前川の眉間にしわが寄った。動きが止まる。

「どうしました？」

前川は葉山に顔を向けた。珍しいこともあるものだ。前川が、困った顔をしている。

「俺はバカだ」

これまた、聞いたことのない科白を吐いた。

「昨日、俺たちは尾行されていた。反対派がうちの偉いさんだとしたら、俺たちの素性はわかりきっている。宿主の隠し場所も知っているし、不老石の取り出し場所も知っている。

それなのに、どうして尾行する必要があるんだ？」

頭を殴られたような感覚があった。確かに、前川の言うとおりだ。

葉山は唾を飲み込んだ。「反対派は、うちの会社じゃない……？」

不老虫に関わっている企業は、二社しかない。磯子商事と、城東製薬だ。磯子商事にいないのなら、残るは一社しかない。

「城東製薬に……？」

葉山はそっと言った。前川は曖昧に首を振る。

「それだと、敵がラコの居場所を知っていたことに、説明がつかない」

その言葉が、城東製薬に怒りの矛先を向けようとした精神に、急ブレーキをかけた。

「それも、そうですね」

「城東製薬に反対派がいるのなら、尾行については説明がつく。彼らは残る二人の居場所を知らないわけだから、俺たちの後をつけて居場所まで案内してもらおうと考えるだろう。でも、ラコの居場所を知っていたのに、残る二人の居場所を知らないというのも、妙な話だ」

「なんだか、現実同士が矛盾しまくってますね」

「そのとおりだ。今のところ、解決できるほどの情報がない。かといって、手をこまぬいていれば、コニの不老虫は勝手に出てきてしまう。こちらの制御できる範囲で不老虫を取り出すには、田沼先生に頼るしかないんだ。でもコニから不老虫を出してしまえば、そこから不老石の摘出は、中里主任でなくてもできる」

葉山は息を呑んだ。前川の発言に、不吉なものを感じ取ったからだ。

「――まさか」ようやく言った。「城東製薬を呼ばずに、私たちだけで不老石を取り出すと？」

「できるだろう？」

前川はこともなげに答えた。「帝王切開の手術はともかく、不老虫が出てきてからのことなんだ。出てきたやつをエタノールの入った瓶に入れて、死んだら腹を裂いて中から不老石を取り出す。不老石は、血の中に入れる。それだけだ。昨日、実際にやったのを見ているし」

「それは、そうですが……」

前川の言ったとおりではある。しかしそれでは、自分は不老虫の身体を両手で押さえるか、腹を裂いて中にピンセットを突っ込んで不老石を取り出すか、どちらかを担当しなければならないことになる。

「やっぱり、城東製薬を呼びませんか？　嬉々《きき》として不老石を取り出した中里主任や館林さんが裏切り者だとは、ちょっと思えません。あの二人を呼ぶ分には、問題ないのでは」

話の途中から、前川の表情が変わった。怒っているのではない。薄笑いを浮かべたのだ。葉山の弱気を見抜かれてしまっている。

「そうだな」部下の提案を、真剣に検討するふりをした。「俺は、どちらでもいいと思う。だから、ここはお前に決めさせてやろう。中里主任の携帯の番号は、登録してあるだろう？　必要だと思えば、連絡すればいい」

「……はい」

そう言われてしまうと、ためらってしまう。どうしよう。

前川は携帯電話をポケットにしまった。

「俺は、ちょっと出てくる。三時半までには戻ってくるから、決断したら、それまでに連絡しておいてくれ」

「わかりました。でも、どこに？」

「この後の準備をやっておく」簡単に答えた。「おまえは、隣の部屋で待機していろ。こまめにコニの様子を見て、危なそうなら、俺を待たずに田沼医院に連れて行け」

じゃあな、と言い残して、前川はタクシーを拾った。葉山は走り去るタクシーを呆然《ぼうぜん》と見つめていた。

不老虫が出てくる直前の宿主を、一人で見ていろって？

いや、大丈夫だ。食事ができないほど具合が悪そうなのだ。一人で部屋を出るはずがない。昨晩までのように、事務所にいるわけではないから、トイレのために部屋を出る必要もないし。自分はオーモのために取った部屋で待機して、定期的に様子を見に行けばいいだろう。

ホテルに向かって歩きながら、葉山は釈然としないものを感じていた。

反対派は、磯子商事にはいない。城東製薬にいたとすると、現実と整合性がとれない。では、誰だ？　どこかの誰かが計画を聞きつけて、邪魔をしようとしているのか。何か、大切なことを見逃しているような気がしている。しかし、それが何かを思いつけない。

葉山は途中でコンビニエンスストアに立ち寄って、コーヒーを買った。時間まで、ホテルの部屋でゆっくりしよう。

＊

電話が鳴ったのは、秋葉原駅から西隣の御茶ノ水駅の近くまで来た頃だった。

有原から預かった携帯電話の方だ。液晶画面には『田沼院長』と出ている。

身体に緊張が走る。ジャカランダに「あの医者からだ」と短く言って、電話に出た。

「はい」

『農水の人か？』

「そうです。田沼先生ですね」

田沼は直接答えず、いきなり本題に入った。

『連絡があった。今日の四時に患者を連れて来るそうだ』

午後四時。腕時計で現在時刻を確認する。午後一時十二分。あと三時間足らずだ。

「わかりました。私たちも行きます」

『ちょっと待ってくれ。面倒事は困る。というか、俺があんたに話したことがばれるのは、困る』

それもそうだ。

『あんたは、寄生虫が死にさえすればいいんだろう？　だったら、客が石を取り出してからやってきて、それから寄生虫を殺せばいいじゃないか』

一見、もっともらしい意見だ。しかし認めるわけにはいかない。

「あなたに処置を依頼した人たちが、どんな行動を取るか、わかりません。昨日は死んだと思って放置してくれましたけど、今日も同じ行動を取るとはかぎりませんから。すべて終わってから、えっちらおっちら行くわけにはいかないんです」

『じゃあ、どうしたいんだ？』

「依頼人よりも先に伺います。手術室に隠れる場所なんてないでしょうから、別室で待機します。依頼人が不穏な動きをしなければ、彼らが立ち去った後で、寄生虫を殺します。でもそうならなかったら、乱入することになります」

『別室で待機って』意味がわからない、といった口調で医師が言う。『どうやって手術室の中を見るんだ？』

「ここは秋葉原ですよ。監視カメラもモニターも、簡単に手に入ります。早めに伺って、設置させていただきます――ああ、ドリルで壁に穴を開けたりしないタイプを選びますから、心配しないでください」

電話の向こうで、言葉に詰まる気配があった。

『拒否しても、ムダなんだろうな』

「そうですね。あなたが協力してくれているかぎりは、私たちから税務署に通報することはありません」

大きなため息。

『あんた、嫌な奴だな』

「それは仕方ありません。国家の危機ですから」

ぬけぬけと言った。またため息。

『わかった。あんたの言うとおりにするよ。ただし、手術するんだ。トラブルは患者の命に関わる。だから、手術の邪魔になるようなことは、絶対にしないでほしい。これだけは約束してくれ』

まっとうな意見だ。

「相手次第ですが、私から患者を危険に晒すことはしないと約束します」

『頼むぞ。それで、いつ頃来るんだ?』

「そうですね」頭の中で段取りを確認する。「今から機器を選びますから、ちょっと時間がかかります。でも、三時には伺います。設置にはそれほど時間はかからないでしょうけど、先方が早めに来る可能性もありますから」

『承知した。到着したら電話してくれ。玄関の鍵を開ける』

「ありがとうございます。では、三時に」

電話を切った。会話の内容を、ジャカランダに伝える。スタンフォード大学の学生は、酒井の話をにやにやしながら聞いていた。

「あの医者の言うとおりだね。人の弱みにつけ込むなんて、あなたって、本当に嫌な奴」

酒井も笑った。

「仕方ない。目的を達成するためだ。でもまあ」

酒井は表情を戻した。「本当に四時に来てくれるのなら、それで終わる」

そうしたら、君は不老虫から解放される——そんなニュアンスを言外に込めた。

酒井の意図は、正確に伝わったようだ。ジャカランダは、嬉しいような悲しいような、不思議な表情を浮かべた。

「そうだね。早く終わらせて、すっきりしたいよ」

「同感だ。動こう。電気街で、カメラとモニターを買わなきゃいけない。でも、その前に——」

「その前に？」

酒井は腹をさすった。

「昼飯にしよう。さすがに腹が減った」

ジャカランダが笑った。

「そうだね。どうする？　わたしは別に、昨日の店でもいいけど」

「賛成だ。今は、食事選びに頭と時間を使いたくない」

手に持ったままの携帯電話を再び開いた。若木に電話をかけて、田沼院長からの情報と、これからの自分たちの行動を伝えた。

『わかりました。念のため、その時間帯には病院の近くにいるようにします』

「お願いします」

電話を切って、携帯電話をボディバッグにしまう。「行こう」

秋葉原駅は、ＪＲに関していえば、東に浅草橋駅、西に御茶ノ水駅、南に神田駅、北に御徒町駅がある。さすがにその四駅まで行ってしまえば、秋葉原周辺とはいえない。だから酒井は、隣駅までは捜そうと決めていた。今は、西側を探索していたところだ。午前中は空振りに終わったけれど、最後に吉報が入ったのだから、よしとしよう。

御茶ノ水駅から総武線の線路伝いに歩きながら、自分の科白を反芻する。

本当に四時に来てくれるのなら、それで終わる——。

ジャカランダと日本政府の契約は、日本に上陸した三匹の不老虫を始末することだ。終わったら、ずっとジャカランダに同行していた自分がそう報告すればいい。それで、依頼内容は完遂だ。日本は危険極まりない不老虫の脅威から解放され、ジャカランダは報酬で養父の癌治療ができる。何も問題ないはずだ。

それなのに。

なぜ違和感が脳でうずいているのか。昨日、田沼医院を辞するときからずっと感じている違和感。それが、ずっと酒井をつつき続けている。思い出せと。

しかし思い出せない。酒井は頭を振った。仕方がない。今は、記憶の中にある何かよりも、対処可能な現実に意識を向ける局面だ。

昨日に続いて、駅前のオープンカフェに行った。屋外のテーブルを確保して、昼食を買いに行く。ジャカランダはピッツァ・マルゲリータを、酒井は海老のジェノベーゼを選んだ。少しだけ工夫して、追加のホットドッグはチーズドッグにした。ビオは昨日と同じ、コンビニエンスストアの鶏肉だ。飲み物は、二人とも炭酸入りミネラルウォーター。

ピザを齧《かじ》りながら、ジャカランダが酒井の顔を覗きこんだ。

「なんだか、冴えない顔してるね」

どきりとする。顔に出ていたか。隠し事に意味はないから、正直に、先ほどから思い出そうとして思い出せないことがあると説明した。ジャカランダが軽く首を傾《かし》げる。

「それって、仕事のこと？　それとも、ガールフレンドのこと？」

「たぶん、仕事のことだと思う。病院で話をしているときに引っかかったから。少なくとも、彼女のことじゃない。いないし」

ジャカランダは大げさに目を丸くした。「あら、意外」

戯《ざ》れ言を聞き流して、酒井は話を続ける。「三匹目を殺したら、思い出すかもしれない。いや、思い出す必要がなくなる。それでいいと思う。最後の一匹に集中しよう」

「そうだね」

酒井は右手でフォークを持って、左手でスマートフォンを操作していた。行儀が悪いことこの上ないが、必要なことだ。「これだ」

ジャカランダにスマートフォンの画面を向ける。

「こんなやつを買うつもりなんだ」

画面には、通信販売サイトの防犯カメラ商品が表示されていた。

「電池で動くし、マイクも付いているから、音声も拾える。しかも、専用アプリケーションをインストールすれば、スマートフォンで映像を確認できる」

ジャカランダはしげしげと画面を眺めた。

「よく、こんなのを知ってるね」

「知らなかったよ」酒井は正直に答えた。凡人が天才を相手に見栄を張っても、仕方がないからだ。「たぶんあるだろうと思って検索をかけたら、出てきただけだ」

「ふうん」視線をこちらに向けてくる。「これって、昨日電話をもらう約束をしたときから考えてたの？」

「いや」これまた本当のことを言う。「さっき、電話をもらった瞬間に思いついた。でも、言ってしまった後で、悪くないアイデアだと思った。ここは世界に冠たる電気街、秋葉原だからね。近いものは売ってるはずだ。どこの店に売っているかまでは知らないから、少し探し回るかもしれない。でも、三時までにはなんとかなるだろう」

「たいした機転だね」ジャカランダは口笛を吹く真似をした。「あなたの上司が、この仕事に抜擢《ばってき》しただけのことはある」

「それは、買いかぶり」酒井は手をぱたぱたと振った。「英語ができる下っ端というだけだよ。僕が選ばれた理由は、それだけ」

ジャカランダは目を三日月のようにした。「まあ、そういうことにしておきましょうか。そろそろ、行く?」

「うん」チーズドッグを口に押し込んだ。ミネラルウォーターで流し込む。紙ナプキンで口を拭いた。カセットコンロとフライパンの入ったトートバッグを取る。

「中央通りにある電器店の、どこかには売っているだろう。ビオを連れて店に入るわけにはいかないから、僕だけが入って探すよ、君は、前で待っていてくれ」

オープンカフェの入っているビルを回り込むようにして中央通りに出た。

「うわっ」

ジャカランダが変てこな声を上げた。「これは、すごいな」

日曜日の中央通りは、歩行者天国になっている。人通りが多いのはもちろんのこと、彼女が驚いたのは、左右にずらりと並んだ店だ。電器店と、女の子のイラストが飾られたマンガやゲームの専門店が、延々と続いている。店だけではない。路上のあちこちで、メイド喫茶の店員と思われる女の子が、道行く人にチラシを配っていた。確かに、アメリカでは見ない光景だろう。

「ここが、秋葉原のメインストリートだよ」酒井が説明する。「そういえば、中央通りを歩くのははじめてだね。昨日も今日も、人の少ないところを選んで探したから」

「電気街っていうより」ジャカランダは左右を見回した。「コミック街という感じ」

「確かに、今はそっちの方が目立ってるかな。ビルの上の看板なんか、ほとんどそうだし。むしろポップカルチャー目当ての外国人観光客の方が多いかもしれない」

しかし自分たちの求める品は、コミックストアにはない。マニアックな商品ばかりを集めた専門店も必要ない。防犯カメラくらいなら、少し大きな電器店に行けばあるだろう。

電器店を数軒回って、目的の品を見つけ出した。店員から使い方と注意事項を詳しく聞いて、購入する。必要経費だから、領収書を忘れずにもらう。店を出て、ビオと共に外で待っていたジャカランダと合流した。

「思いの外、時間がかかったな」

腕時計で現在時刻を確認する。午後二時四十五分。約束の午後三時には十分間に合う。

「行こう」

買い物客や観光客にぶつからないよう、注意して中央通りを横切ろうとした。

そのとき。

ジャカランダの足下で、ビオが反応した。

*

葉山哲久は、秋葉原駅近くのホテルで、一人悶々《もんもん》としていた。

隣室に滞在するコニの様子を定期的に確認しているのだけれど、それがストレスになっているのだ。

コニは相当具合が悪そうだから、自分からホテルの部屋を出て行く心配はないだろう。けれど、不老虫がコニの身体から勝手に出てくる心配はある。ドアを開けたら目の前に不老虫がいる可能性は、常にあるのだ。十五分に一回部屋に入る度に、ビクビクしているわけだ。単純かつ簡単なのに、ストレスの溜まる仕事だ。

午後二時十五分になった。また様子を見に行かなければ。重い身体を引きずるようにして隣室に向かった。ノックもせずに鍵を開ける。そっとドアを開いて、すぐさま床を確認した。不老虫は、いない。

安心して中に入る。足音を立てないように静かに歩いて、ベッドの様子を窺った。コニは、ベッドでぐったりしている。葉山が来たことにも気づいていない。周囲に、不老虫の姿はなかった。同じように静かに部屋を出た。

よし。次は午後二時三十分だ。

オーモの部屋に戻って、ベッドに寝転んだ。また、思考を再開する。テーマは、反対派は誰か、ということだ。

東京都心の、偏差値が高いことで知られる私立中高一貫校を出て、一流といわれる大学に進学した。そこでも優秀な成績を収めて、中堅ながら優良企業として名高い磯子商事に入社した。

そんな経歴が示すように、自分の能力には多少の自信がある。その頭脳が訴えるのだ。考えろと。

整理しよう。まずは、事実を列挙する。反対派——実害を受けているのだから、裏切り者と表現してもいいだろう——の行動を挙げてみる。

裏切り者は、三人の宿主の来日を妨害しなかった。

裏切り者は、金曜日の夜にラコを襲い、不老虫を殺した。

裏切り者は、不老虫を殺す際に、わざわざ不老石を取り出した。しかもそれを置いていった。

裏切り者は、金曜日の夜には、オーモとコニは襲わなかった。

裏切り者は、昨日自分たち——少なくとも前川を尾行した。

裏切り者は、昨日のオーモからの取り出しについては邪魔しなかった。

裏切り者は、オーモから不老虫を取り出した後、田沼に接触した。

尾行と田沼への接触については、厳密にいうと事実ではない。前川が受けた印象が元になっている。しかし他ならぬ前川の判断だ。葉山はその点を疑うつもりはなかった。

ここからが想像だ。でも、一足飛びに裏切り者の正体は考えない。先ほどの路上での議論でわかるように、正体から入ると矛盾が生じてしまうからだ。

では、裏切り者の狙いから入ろう。

裏切り者は、ラコから不老虫を取り出して、殺した。しかも、フライパンで焼いたという。ラコを隠していた事務所には、ガスコンロもフライパンもなかった。裏切り者は、カセットコンロとフライパンを、わざわざ持ち込んだということになる。絶対に、確実に不老虫を殺すという、強い意志を感じる行為だ。

それなのに、裏切り者は不老石は残していった。殺す目的の不老虫から、わざわざ取り出して。ティッシュペーパーの上に載せたのは、単なるゴミと思われないための工夫だろう。つまり、自分たちは裏切り者から不老石をもらったことになる。

この行動には、複数の解釈が可能だ。

まず、自分たちの狙いは不老虫であって、不老石ではない。不老石はくれてやるから、不老虫退治の邪魔をするな。そういったアピールという可能性がある。

他の解釈もできる。不老石は、人血の中で保存しないと失活してしまう。葉山たちの目的は、不老石であって不老虫ではない。失活した不老石をあえて自分たちに見せつけることで、今までの苦労が水の泡になったことを強烈にアピールする目的だったのか。

いや、そんな嫌みったらしいことをするには、不老虫は危険すぎる。自分たちは昨日成功したけれど、一歩間違えれば、あのおぞましい生物に襲われるのだ。取り出すだけでも、かなりの危険を伴う。それなのに、不老虫の身体を押さえつけて腹を裂くのは、相当な勇気が必要だ。

「待てよ……」

思わず、一人呟いていた。今まで葉山は、単純かつ重要なことを見落としていた。ラコは「女が自分の股間に手を突っ込み、ミミズか蛭のようなものを引っ張り出した」と言っていた。手を突っ込んで。だったら、裏切り者はどうして不老虫に襲われなかったのか。

ベトナムでの、捕獲作業を思い出す。

ジャングルに分け入り、不老虫に寄生された哺乳類を見つける。見つけたら、すぐに殺害して腹を裂く。出てきた不老虫を肉塊で惹きつけて、人血の入った容器に入れる。現地の人間に、かなり高い金を払って、やってもらった。前川は、昨日の田沼医院で、現地の方法を再現したのだ。

ラコの部屋で裏切り者がやったことは、それよりもはるかに高度だ。ラコを殺すことなく、自らも襲われることなく、不老虫を取り出したのだから。

頬が鳥肌で固まる感覚があった。不老虫に襲われることなく、殺せる技能。そんなものは、磯子商事も城東製薬も持ち合わせていない。そんな技能を有している人間がいたのなら、前川や自分に声はかからない。いなかったからこそ、表沙汰にできない仕事を請け負う第十三営業課が呼び出されたのだ。

動いているのは、第三者だ。それも、不老虫の扱いに長《た》けた人間。とすると、現地の人間としか考えられない。不老石は、城東製薬が考えるような認知症治療薬としてでなくても、香る石として高く売れる。だから、昔から不老虫から不老石を取り出す職人はいたという。不老虫が少なくなった今でもその技術を伝承している人間がいて、自分たちを追ってきたのかもしれない。不老虫は、自分たちのものだ。勝手に持ち出す奴は許さないと。

いや、違うな。

葉山は心の中で首を振った。部分的には合っているかもしれないけれど、決定的に間違っている。この仮説が正しければ、ラコを襲った人間は、不老石を持ち帰るはずだからだ。

しかし、実行者が不老虫の扱いに長けている現地の人間というのは、正しいと思えた。とすると、裏切り者が職人を雇ったのか。そんなことを、城東製薬ができるとは思えない。だとすれば、やったのは磯子商事の人間だ。営業部長か、専務か、副社長。このうちの誰かが、第十三営業課とは別の誰かを使って、現地の職人を連れてきた。それならば、ラコの居場所を知っていた理由もわかる。

いや待て。思考を止めろ。このまま進むと、金曜日のうちにオーモとコニを襲わなかった理由は説明できないし、田沼医院で邪魔されなかったことも説明できなくなる。先ほどと同じ、堂々巡りに陥ってしまう。裏切り者の狙いに戻ろう。

ラコの不老石をわざと失活させて、こちらを嘲笑《ちょうしょう》するというのは、行為の危険性と比較して、得られるものがあまりにも小さい。だから、この可能性は捨ててもいいだろう。とすると、最初の説が有力になってくる。

そういえば、ラコの部屋で不老石を見つけたときに、前川は「そういうことか」と呟いていた。前川は、裏切り者の狙いを、あの段階で理解していたのだ。続けて「でも、そんなわけにはいかないんだよ」とも言っていた。言葉の意味を想像すると、裏切り者の提案は魅力的ではあるけれど、受けることはできない、という意味に取れる。不老石と不老虫を分け合うという取引はできないと。

裏切り者の狙いがそれならば、田沼医院で邪魔されなかった理由もわかる。自分たちは、不老虫を殺して不老石を取り出した。自分たちで不老虫を殺したのだから、裏切り者の意図とも合致している。だから放置されたのか。

「あれ？」

葉山はベッドの上で、目を見開いた。

変だぞ。確かに自分たちは、田沼医院で不老虫を殺した。それは、裏切り者の狙いと一致した行為だったのかもしれない。でも、裏切り者はどうやってそれを知ったんだ？

あの場所には、六人しかいなかった。自分。前川。中里。館林みづき。田沼。オーモ。裏切り者は、この中にいると考えるのが妥当だ。裏切り者自身でなく、裏切り者の手先ということもあり得るけれど、それは裏切り者自身と同義と考えていい。では、誰だ？

まず、自分と前川は外れる。宿主であり、自分たちに唯々諾々《いいだくだく》と従ってきたオーモも違う。田沼は、自分たちが行くまで、自分が不老虫に関わるなんて、知らなかった。怒りの反応が、それを証明している。彼も違うだろう。

とすると、残るは二人。城東製薬の中里とみづき。どちらだ？

――みづきだ。

葉山は、そう結論づけた。根拠は、不老石を取り出したときの、二人の態度だ。

中里は、不老石を見て、明らかに興奮していた。認知症の特効薬になり得る素材を目の前にした、研究者の高揚。あれが作られたものだとは、とうてい思えなかった。

一方、みづきの表情は硬かった。元々仏頂面ではあったけれど、昨日はまさしく能面のようだった。彼女は、昨日の成果を、決して喜んでいない。そんなふうに思えた。

やはり、そうなのだ。いくら理性をすべてに優先させる研究者とはいえ、同じ女性として、女性の子宮に寄生させるという行為を、許せなかったのだ。

だから、裏切り者の一味になった。彼女は不老石を取り出す場所に立ち会って、不老虫がどうなるか、見極める役割を担っていたのだ。今回は、たまたま中里が不老虫を殺したから、そのままにしておいた。仮に彼が不老虫を殺さなかったら、自ら手を下していたのではないか。

彼女が一味だと考えると、オーモの処理が終わってから、裏切り者が田沼にアプローチした理由もわかる。みづきは、呼び出されるまで、田沼医院の存在を知らなかったのだから。

葉山はベッドから身を起こした。

みづきは裏切り者だ。だったら、それなりの対処をしなければならない。

葉山はスマートフォンを手に取った。前川からは、コニから不老虫を取り出す際に城東製薬を呼ぶかどうかは、葉山の判断に任せると言われている。だったら、呼んでやろう。そして、コニの子宮から出てきた不老虫をどう扱うか、見極めてやる。

葉山はスマートフォンの電話帳を呼び出し、中里に電話をかけた。

「はい。中里主任でいらっしゃいますか？　磯子商事の葉山でございます。ええ、前川が現在不在なもので、私が代わって連絡させていただきました。三人目の宿主から取り出す時間が決まりました。今日の四時です。はい。すみません。もうすぐです。おいでいただけますでしょうか。ええ。できれば、館林さんもご一緒に。大丈夫ですか。申し訳ありません。私どもは、先に田沼医院で待機しております。よろしくお願いします。それでは、失礼いたします」

電話を切った。これで、仕込みは完了だ。

葉山はベッドから降り立った。午後四時以降に、決定的な証拠をつかんだら、館林みづきをどうしてやろうか。そんなことばかり考えていた。

そうだ。前川に連絡しなければ。自分の思考の結果、裏切り者の一味を特定できたのだから。

再びスマートフォンを取る。電話をかけようとする指が止まった。液晶画面の時刻表示を見たからだ。午後二時四十分になっている。しまった。コニの様子を見に行く予定時刻から、十分も経っている。

放っておいても問題ないと思うけれど、定期的に様子を見に行くのは、自分に課したルールだ。それを怠ったために、万が一、不測の事態が起きたならば、前川に切り捨てられてしまう。

葉山はスマートフォンをしまった。前川への連絡は、コニの様子を見てからでいい。どうせ、一分もあれば終わることだ。

オーモの部屋を出て、隣のコニの部屋に移動する。カードキーで解錠して、そっとドアを開ける。床に、勝手に出てきた不老虫はいない。安心して中に入る。数歩歩けば、ベッドだ。

——えっ？

一瞬、目にした光景を、脳が理解できなかった。

ベッドに、コニの姿はなかった。

*

ビオの変化に、ジャカランダが気づいた。

「ビオ、どうしたの？」

もちろんビオが答えるわけはない。しかしジャカランダの相棒は、じっと中央通りの先を見つめることで、自らの意思を示していた。

酒井たちがいるのは、電気街の中央通り、そのほぼ中央にいた。中央通りは南北に通っている。ビオが見ているのは南側、万世橋交差点の方向だった。

「行こう」

酒井はビオが見つめる方向に向かって歩きだした。いきなりダッシュされたら、いくら何でも追いつけない。猫なら人ごみを縫って全力疾走できるけれど、こちらはそうはいかないのだ。

歩きながら、ジャカランダの顔が険しくなった。

「確かに、いるね。わかるよ」

「こんな人通りの多いところに？」

反射的に訊き返した。しかしすぐにうなずく。

「あり得なくはないか。僕たちは人通りの少ないところを狙って捜していた。宿主の女性を隠すのなら、それが自然だと思ったからだ。でも、木の葉を隠すなら森の中ってことも
——」

「そんな牧歌的な話じゃないね」

ジャカランダが、酒井の話を遮《さえぎ》った。「すぐそこだよ」

ジャカランダが正面を指さした。

「えっ？」ということは、中央通りにいるというのか。まだ午後二時四十五分だ。田沼が教えてくれた午後四時までには、ずいぶんある。それなのに、なぜ潜伏先を出たのか。しかも、こんなに人の多いところに。

人の多いところ？

いきなり、脳に電流が走ったような感覚に襲われた。その衝撃で、ずっと脳に引っかかっていたものが、ぽろりと取れた。

「そうか」

ジャカランダが聞き咎《とが》める。「何？」

「昨日から思い出せなかったことを、やっと思い出したんだ」

説明しながら、下腹に嫌なものが溜まっていくのを感じていた。

「昨日、あの病院で、君が話したことだ。不老虫が日本で拡散したら、日本は人口密度が高いから、爆発的に増えると」

「言ったね」

「君は不老虫の専門家であっても、寄生虫全般に詳しいわけじゃない。逆に僕は、不老虫のことは知らないけど、寄生虫全般については多少わかる。思い出したんだ。ある種の寄生虫の能力について。寄生虫の中には、宿主の行動をコントロールするやつがいるんだ」

顎が固まってしまい、スムーズに話せない。緊張と恐怖からだ。それでも、なけなしの理性を振り絞って説明を続ける。

「ロイコクロリディウムってやつは、寄生したカタツムリを、鳥に食べられやすいように目立つ場所に誘導する。トキソプラズマって寄生虫に感染したネズミは、猫の前にふらふらと現れる。食われることで、最終的な宿主――終宿主に移動するわけだ。どうしてそんなことができるのかは、わかっていない。でも、そんな現象が確認されている」

ぶん、と音を立ててジャカランダがこちらを見た。「それって……」

酒井は前を向いたままうなずいた。

「もし不老虫にもそんな能力があったら、繁殖のために、宿主の行動をコントロールするかもしれない。自分の子供が寄生できる、哺乳類がたくさんいるところへと。それは、人ごみの中だ」

ビオが駆けだした。あっという間に見えなくなる。押し寄せる人の波を避けながら、後を追う。ビオの姿は、すぐに見つかった。路上で、威嚇の唸り声を上げている。

その正面に、外国人女性が立っていた。

＊

『捜せ』

コニが逃げ出したという報告を聞いて、前川が発したのは、それだけだった。

「わかりました」

他に回答はあり得ない。葉山は電話を切ると、急いでホテルを出た。

ホテルは、秋葉原駅と神田川の間にある。左に行けば中央通りに、右に行けば昭和通りに、正面に進めば秋葉原駅に出る。

どっちだ。コニはどっちに行った。

なぜコニは、勝手に出て行ったのか。彼女には、勝手に部屋を出ると在留資格を失うと言っておいたのに。いや、それ以前に、自力で出られたのか。あれほどぐったりしていたのに。

まさか、裏切り者が連れ出したのか？

あり得ない。コニをこのホテルに隠したことは、前川と自分しか知らない。裏切り者が磯子商事にいようが、城東製薬にいようが、館林みづきだろうが、来られるわけがない。ならば、コニは自分から出ていったのだ。

いかん。勝手に出ていった理由や背景を考えている場合ではない。コニの居場所を考えなければならない局面だ。

彼女に土地勘はまったくない。自分と前川以外に、知り合いもいない。強いていうなら、自分たちを捜しに出た可能性はある。しかしコニには、自分が隣の部屋にいることは言ってある。それなのに彼女は呼び鈴を鳴らさなかった。

おそらくは、理性的な判断で出たわけではないのだろう。不老虫の成長に伴って、体調は悪化していく。意識が朦朧《もうろう》となって、ふらふらと出てしまったのかもしれない。

ふと思い出した。昨日のオーモ。彼女は、ベッドで休むように言われたのに、ふらふらとドアの方に向かっていった。オーモもまた、意識が朦朧としていたのかもしれない。不老虫が成長すると、宿主はそうなってしまうのではないだろうか。

コニがまともな思考力がない状態でここに立ったなら、どうするだろう。まったくの想像だけれど、より人の流れが多い方についていくのではないか。

葉山は周囲を見回した。今現在――少なくとも今現在は、左方向へ行く人が多い。中央通り方面だ。賭けだが、どちらに向かっても賭けには違いない。

葉山は、中央通りに向かってダッシュした。

＊

女性は、東南アジア系の顔だちをしていた。一昨日の女性よりも、やや肌の色が濃い。緑色のトレーナーに、丈の短いスカートを身につけていた。

しかし酒井の目を惹いたのは、肌の色や服装ではなかった。腹部が大きく膨らんでいるのだ。臨月間近の妊婦のように。

全身が総毛立った。

彼女なのか。彼女が、三人目の宿主なのか。

女性は目を開いていたけれど、どこを見ているようにも見えなかった。口を半開きにしている。

「あ、あ……」

その声は決して大きくはなかったけれど、酒井の耳に届いた。しかし周囲の人たちは気づかなかったようだ。大通りに立ち止まる女性に迷惑そうな一瞥《いちべつ》をくれて、通り過ぎていく。

まずい。これは、まずい。

そう思った瞬間、女性の眼球がぐるりと裏返った。

「ああああああっ！」

女性が叫び、両手で腹を押さえた。脚が震える。その脚の間から、ずるりと這《は》い出てくるものがあった。

灰色がかった薄い黄土色。

ペットボトルのキャップほどの太さ。

ヌメヌメとした光沢。

不老虫だ。女性の子宮を食い尽くした不老虫が、出てきたのだ。昨日、田沼医院で始末した個体より、さらに大きい。

不老虫が完全に出てきて、アスファルトの路上に落ちた。大人の腕一本分の長さがある。

しかし、それだけではなかった。続いて、鉛筆の芯《しん》ほどの不老虫が出てきたのだ。幼虫だ。不老虫は、女性の子宮内で産卵していたのか。卵は孵化《ふか》して、新天地を求めて外に出てきた。その数、十四を超える。

ここに至って、周囲の人間たちは、ようやく異状に気づいたようだ。

「何？」

「えっ、えっ、えっ？」

「嘘っ！」

意味のない反応をしながら、足を止めた。いや、不老虫のおぞましい姿に、身体が硬直したのだ。

酒井とジャカランダは同時に駆けだした。

「ビオっ！」

ジャカランダが鋭く言うと、ビオは親の不老虫に飛びかかった。先端——口のすぐ横に牙を立てた。しかし不老虫は何も感じていないのか、長い身体をビオに巻き付けた。絞め殺そうとしているわけではないのは、ビオが苦しそうにしていないことからもわかる。ただ、太くて長い不老虫に巻き付かれて、思うように身動きがとれないようだった。

酒井はトートバッグからフライパンとふたを取り出した。ジャカランダがビオの元に駆け寄る。田沼医院のときと同じように、不老虫をこちらに投げつけ、酒井がフライパンで受け止める。そんな連係プレーを行う必要がある。

しかし、今回は勝手が違った。外国人女性の股間からは、幼虫も出てきたからだ。

その頃には、すでにうずくまる外国人女性を中心に、人垣ができていた。人垣の最前列は、外国人女性から二、三メートルくらいしか離れていない。幼虫は哺乳類の気配を感じたのか、人垣に向かって進んでいった。速い。環形動物にはあり得ないスピードだった。

「ひいっ！」

最前列の女性が喉の奥で叫んだ。異形の生物が自分の方に進んでいるからだ。後ずさりしようとするけれど、背後の人垣にぶつかって下がれない。眼球がこぼれ落ちそうなほど目を大きく見開き、じっと不老虫を見つめている。不老虫は、まっすぐに女性に向かって進んでいく。

「あっ、あっ……」

女性が涙を流しながらへたり込んだ。尻餅《しりもち》をつく。それはつまり、股間を不老虫に向ける恰好だ。そんな光景が、外国人女性の周り三百六十度で起こっていた。

ジャカランダはビオから親を引き剝がした。自分の腕に巻き付かせておいて、最も近い幼虫に向かった。踏みつける。その個体は動きを止めたが、他はお構いなしに進んでいく。

やばいっ！

いくらジャカランダが不老虫に襲われずに退治できるといっても、一人しかいない。一匹ずつ始末していては、間に合わない。必ず、不老虫に襲われる人間が出てくる。それを防ぐためにジャカランダが呼ばれたのだし、自分が配置されたのに。

どうする。何か方法はないか。

酒井は、田沼が不老虫に襲われていた光景を思い出した。あのときは不老虫が弱っていたから、田沼はなんとか防ぐことができた。しかし不老虫は執拗《しつよう》に襲いかかってきた。眼窩に潜り込もうとさえしていたのだ。奴らは、子宮に入れなければ、肉を喰らおうとする。なんてやつらだ。徹底して哺乳類――人間を喰いものにしようとする。やつらが生み出した不老石だって、血液中で保存しなければならないくらいなのだ。

――血液？

その瞬間、天啓が舞い降りた。寄生虫を防ぐ方法が、あるかもしれない。

しかし、できるか。自分にできるのか。

やるしかない！

酒井はジャカランダの右横に立った。デニムジャケットのポケットに手を突っ込む。

「借りるぞ」

ポケットから折りたたみ式ナイフを取り出した。代わりに、フライパンをジャカランダに押しつける。ナイフの刃を振り出した。シャツの左袖は、すでにまくり上げられている。ためらわなかった。

酒井は、ナイフの切っ先を、左腕に思い切り突き立てた。鋭い痛みが走る。かまわず、ナイフを横に引く。大量の血液が傷口から流れ出てきた。

よし！

酒井はナイフを捨てて、溢れ出る血液を右手ですくった。そして、四方八方に進んでいく不老虫に向けて、右手を振った。血液の飛沫が、不老虫に降りかかる。血液に反応したのか、不老虫の動きが止まった。

「こっちだっ！」

不老虫に耳はないことを承知で、酒井は叫んだ。すると不老虫は、まるで声に反応したかのように、一斉に向きを変えた。たった今浴びた血液と同じ匂いを追って、進んでいく——酒井の方に。

酒井はかがんで、血の流れる左腕の位置を低くした。そこに、十四を超える不老虫が飛びかかってきた。傷口に食いつく。

恐怖と嫌悪感で全身が粟立つ。しかし下腹に力を込めて耐えた。周囲を見回す。不老虫は全部酒井に取りついている。他の人間を襲っている個体は、いない。

「キョーヘイっ！」

ジャカランダは腕から不老虫の親を引き剝がし、頭を思い切り踏みつけた。もちろん、そんなことで不老虫は死なない。でも、一時的に親の動きが止まる。ビオがあらためて嚙みついた。

その隙に、酒井に駆け寄った。傷口に食いついた幼虫を、数匹まとめて引き剝がす。地面に叩きつけてから、フライパンに入れた。それを三回くり返し、すべての不老虫を酒井から取り去った。最後に再び親をつかんでフライパンに入れた。ふたをする。フライパンの中はいっぱいだ。深さのあるフライパンを選んでよかった——酒井はそんなことを考えた。

流れる血液をそのままにして、酒井はトートバッグに右手を伸ばした。カセットコンロを取り出して、ガスカートリッジをセットする。ジャカランダがフライパンを載せた。点火する。親の不老虫は大物だ。他にも、幼虫が十四以上いる。中で暴れられると、フライパンがひっくり返りそうだ。ジャカランダがフライパンの柄を両手で押さえ、酒井がふたのつまみに全体重をかけた。過去二回よりも時間がかかったけれど、すべて炭にすることができた。

大きく息をついて、コンロの火を止めた。立ち上がる。同時に、ジャカランダも立ち上がっていた。

「ふうっ」

頬が鳴った。

ジャカランダが酒井を殴ったのだ。

「バカっ！」

至近距離から怒鳴りつけた。「何、めちゃくちゃなことしてんのよっ！」

目尻に涙が浮かんでいた。不老虫を殺してひどく疲れているはずだけれど、今は酒井に対する怒りが勝っているようだ。

理不尽に殴られたわけだけれど、怒りの感情は湧いてこなかった。この女性は、自分のために泣いてくれている。それだけでも、無茶をした甲斐はあった。

ジーンズの尻ポケットからハンカチを取り出し、左手の傷口を押さえた。ハンカチが、みるみるうちに血で染まっていく。

「こいつらが僕の血を嫌いじゃなくて、助かったよ」

酒井は、そんなことを言った。「おかげで、まとめて始末できた」

ジャカランダが頭を振る。「死にたいの？」

酒井は笑顔を返す。

「僕は日本人だからね。ハラキリの覚悟はいつでもある。それが役に立った」

ジャカランダは泣き笑いのような顔になった。「バカ」

その声に「すみません、すみません」という声が重なった。声のした方に顔を向けると、男性が二人、人垣をかき分けて現れた。一人は中年。一人は自分と同じくらいの年恰好だろうか。不老虫を持ち込んだ二人ではない。見覚えのない顔だった。

二人は同時に身分証を出した。警察官だ。身分証の名前を確認する。若木と戸倉。そうか。この人たちが担当していた刑事か。

「農林水産省の酒井さんですね」

若木警部補が言った。酒井はうなずく。若木はフライパンと酒井の左腕を見た。

「終わったのですか」

「はい。三匹と、その幼虫もすべて始末しました」

若木はため息をついた。「無茶をする人だ……」

先ほどのジャカランダのように頭を振った。

「ここの始末は、私たちがやっておきます。酒井さんは、すぐに病院に行ってください」

「そうさせてもらいます。でも——」

「宿主の女性ですね」先回りして、若木が答える。「きちんと保護しますから、ご安心を」

この期《ご》に及んで他人の心配か、と言いたげだ。察してくれたのなら、いい。金曜日の女性も保護してくれたようだし、信頼していいだろう。

フライパンもカセットコンロも、もう不要だ。こちらの始末も任せよう。酒井はボディバッグひとつの身軽な姿で踵《きびす》を返した。

酒井が一歩踏み出すと、人垣がさっと割れた。まるでモーゼだ。酒井とジャカランダ、そしてビオが割れた人垣を抜けていく。

「まいったな」人垣を抜けると、酒井は言った。「病院に行くって言ったけど、今日は日曜日だ。病院は開いていない」

「何言ってんの」ジャカランダが呆れた声を出した。「わたしたちは、今から病院に行くんじゃなかったの？」

「……ああ、そうか」

田沼医院のことだ。確かに自分たちは、午後三時に病院に行く約束をしていた。不老虫退治に行く場所という認識だったから、あそこが医療機関ということを忘れていた。携帯電話を開く。田沼の番号を呼び出した。

『はい』

「田沼先生ですか？　農林水産省の者です」

『あんたか』

「四時に処置されるというお話でしたが、それは必要なくなりました」

『えっ？』田沼が訊き返してくる。『どうしてだ？』

「たった今、私たちが始末したからです」

絶句する気配。

「ですから、そちらに寄生虫を宿した女性が行くことはありません。でも、別の怪我人を診ていただきたいのです」

『怪我人？　誰だ？』

「私です」


「危なっかしい人だな」

治療しながら、田沼が呟いた。「相当深い傷だ。一歩間違えたら、太い血管や神経を傷つけて、えらいことになってたぞ」

「すみません」

意味もなく謝った。

田沼医院では、簡単に事情を説明した。この医師も、もう当事者だ。宙ぶらりんにしておくよりも、終わったことを教えておいた方がいい。

話を聞き終えると、田沼は大きなため息をついた。

「はい。日本に上陸した三匹は、すべて始末しました。当面の危機は去りました」

酒井は田沼の目を見た。「そろそろ、寄生虫を持ち込んだ人間の名前を、教えていただけませんか？」

「それはできない」即答だった。「終わった終わらないの話じゃない。医師としての守秘義務だ」

「連中は、石を一個しか手に入れられませんでした。放っておいたら、またやりますよ」

田沼が返答に詰まる。二秒ほど黙ってから、口を開いた。

「それでもだ。義務は、義務だ」

「警察が訊きに来ても？」

「そのときは、そのときだな」

「わかりました」

自分がこれ以上やり取りする必要はない。警察はすでに、この場所を知っている。いずれ、事情聴取に来るだろう。もし連中の行為に罪名をつけられるのなら、警察は脱税ではなく犯人隠匿の罪をちらつかせて証言を迫ることになる。だったら、話さざるを得ない。そう考えると、もうこの案件は終わったも同然だ。

田沼が包帯を巻き終えた。

「終わったぞ」

「ありがとうございます」

裏社会の患者を診ているのなら、怪我の治療も少なくないだろう。経験豊富だからか、見事な手際だった。

「治療費は、カードで払えますか？」

田沼が首を振る。「要らんよ。昨日、助けてくれた礼だ」

「いえ、そういうわけにはいきません」今度は、こちらが即答した。「正当な治療行為には、きちんと報酬を取るべきです」

田沼が面白くもなさそうに笑う。

「あんた、硬い奴だな」

「公務員ですから」

田沼は片手を振った。

「わかった。今日は、医療事務の職員がいないから、明日以降に健康保険証を持ってきてくれ。話しておく」

「わかりました」

立ち上がった。今になって傷が猛烈に痛みだしたけれど、仕方がない。痛み止めを処方してくれたから、その効果に期待しよう。

「ありがとうございました。では、失礼します」

そう言って診察室を出て行こうとした。そこに、田沼の声が飛んだ。「そこの嬢ちゃん」

ジャカランダに向かっての呼びかけだ。ジャカランダが振り返る。「何か？」

田沼が真面目な顔で続けた。

「その男とつるんでるのか？　一見まともに見えるけど、とんでもない奴だ。苦労するぞ」

ジャカランダは柔らかく微笑んだ。「知ってる」

医師は、今度はおかしそうに笑った。

「大事にな」

＊

葉山は、自分が三歳児になったような気がしていた。

なんだ？　あれは。

コニを見失って、中央通りに向かって全力疾走した。そこで見かけたのは、奇妙な人垣だった。

――まさか。

後ろから覗きこむと、人垣の中心にコニがいた。しかし勘が当たったと喜べる状態ではなかった。コニのスカートから、不老虫が出てきたからだ。しかも、幼虫と一緒に。

全身が硬直した。自分と不老虫の間には、何層もの人垣がある。それでも逃げ出したい衝動に駆られた。不老虫の存在は、人間に本能的に回避行動を取らせる。葉山の中で理性と本能が戦って、なんとか理性が勝利を収めた。

コニから出てきた不老虫は、四方八方に向かって進んでいた。その先には、人垣。幼虫は、周囲の人間に取りつくつもりなのだ。葉山の場所からは、コニを挟んで正面の人間が見える。若い女性だ。女性は、異形の生物を前にして腰が抜けたのか、へたり込んでいる。あれでは、なすすべもなく不老虫に寄生されてしまう。

睾丸《こうがん》を直接握られたような恐怖があった。こちらの制御を離れて不老虫が拡散してしまったら、もうどうしようもない。人垣の中には、外国人もいる。彼らが不老虫を宿したまま帰国したら、その国でも不老虫が繁殖してしまうではないか。自分たちの行為によって、世界中が大混乱に陥ってしまう。

逃げなければ。自分は、何も知らない。秋葉原になんて、いなかったのだ。

そう自分に言い聞かせて、踵を返そうとした。そうしたら、目の前で信じられない光景が繰り広げられた。

眼鏡をかけた若い男が、突然ナイフを自分の左腕に突き立てたのだ。そして流れ出る血液を、不老虫にめがけて振り撒いた。すると、血液を浴びた不老虫が方向転換して、眼鏡の男に襲いかかった。男の傷口に食いついていく。

そこに、若い女性が駆け寄った。そして手を伸ばして、素手で不老虫をつかんだ。

まずいっ！

不老虫は、哺乳類のメスの気配を感じると、寄生しようとするのだ。あの女性は、それを知らない。女性が不老虫を男から引き剝がす。つかまれた不老虫が女性を襲うシーンを想像して、葉山の顔が強張った。

しかし、不老虫は女性を襲わなかった。ただ、引き剝がされるままになっている。女性は不老虫を地面に叩きつけると、持っていたフライパンに入れた――フライパン？

女性は男に食いついたすべての不老虫をフライパンに移し、最後に猫が嚙みついていた親も同じようにした。ふたをする。

眼鏡の男がカセットコンロをセットして、着火した。二人がかりでフライパンを押さえつける。不老虫を完全に焼き殺してから、火を消した。

フライパン。

カセットコンロ。

そして何よりも、不老虫を素手で触ったのに襲われなかった事実。

こいつらか。こいつらが、金曜日にラコを襲ったのか。

ポケットからスマートフォンを取り出す。カメラ機能を起動させて、人垣の上から男女を撮影した。

スマートフォンを下ろしたとき、スーツ姿の男が葉山にぶつかってきた。続けて二人だ。

「すみません、すみません」

そう言いながら、人垣を割って進んでいく。別に葉山に体当たりをしたかったわけではなく、人垣に身体をねじ込んでいただけか。二人の男は、中心にいる男女に声をかけた。そして、茶色のカードホルダーのようなものを縦に開いて、男女に見せた。

やばい。あれは警察手帳だ。すぐ近くには、万世橋警察署がある。刑事が騒ぎを聞きつけてやってきたのか。いや、それならばまずは制服警官がやってくるだろう。たまたま私服刑事がいたというには、タイミングがよすぎる。あの刑事たちは、不老虫を追っていたのか？

これ以上、ここにいるのはまずい。今度こそ踵を返して逃げ出そうとした。そのとき、肩に衝撃が走った。何度も経験した、ごつい手に肩を叩かれたときの感覚。おそるおそる振り返ると、前川が立っていた。

「やられたな」

低い声で言った。全身が総毛立つ。前川に顎で指図され、その場を離れる。ホテル前まで移動して、向き合った。

「わかってると思うが」前川の口調に、怒りは含まれていなかった。それが逆に怖い。

「最高レベルのミスだな」

「……はい」

「あの連中のおかげで、拡散は防げた。刑事が来たから、後始末はきちんとやってくれる。俺が見たかぎりでは、携帯のカメラを向けた奴もいなかった。あまりにも突然で異様な光景だったからだろうな。だから、騒動は限定的なものになる。そこは、心配しなくていい。後は、お前の処分だけだ」

ぎゅっと肛門が締まった。腹筋に力を入れる。「はい」

しかし前川はにっこりと笑った。

「お前に、挽回のチャンスをやろう」

＊

オートマチック車が便利なのは、一度シフトレバーを『D』に入れてしまえば、左手を使わなくても運転できることだ。

秋葉原での仕事を終えた酒井は、江本に業務完了報告のメールを入れて、駐車場から車を出した。今から、ジャカランダを新宿のホテルに送るところだ。傷口は相変わらず痛むけれど、運転に支障はない。

「痛み止め、飲んだ？　化膿止めも」

飲んでないでしょ、というニュアンスで尋ねてきた。酒井は首を振る。

「まだだ。あの手の薬は、眠くなるからね。もし事故を起こしたら、面倒なことになる」

答えながら、痛みに顔をしかめる。ジャカランダはため息をついた。

「あの医者が言ったとおり。キョーへイって、硬いのかめちゃくちゃなのか、本当にわからない人だね」

「どっちか一方だけって奴は、いないだろう？」

「あなたが極端すぎるんだよ」

じゃれ合いに近いやり取り。彼女も疲れているし、自分も怪我が痛い。今日はゆっくり休んで、日本観光は明日からだ。

靖国通りに出る前に、携帯電話が鳴った。車を停めて、携帯電話を開く。液晶画面には『有原』とあった。金曜日に、ジャカランダに仕事の依頼をした警視庁警備部の警察官だ。

「はい」

『酒井さんですね』

「そうです」

『若木から報告を聞きました。お疲れさまでした』

「いえ。なんとか終わりました。それで、何か？」

『ただの報告事項なんですが、商社のことがわかりました』

唾を飲み込む。「どこだったんですか？」

『磯子商事です。ここ一カ月間でベトナムに出入国した日本人の記録から、パスポートの顔写真と若木が撮影した写真を照合したんです。時間はかかりましたが、見つかりました。個人名がわかったので、そこから探りました。二人は、磯子商事の前川と葉山という社員です』

磯子商事か。規模としては中堅どころだけれど、業績がいいことで就活生に人気の企業だ。若干嫌な気持ちになりながら、酒井は尋ねる。

「やはり、会社の業務だったんですか？」

『それはまだ、わかりません。今回の一件で、連中を罪に問えるか、なんともいえません。内偵して、それから判断します』

「わかりました。そちらは、警察のテリトリーです。健闘をお祈りしています」

『ありがとうございます。進展があったら、何らかの形で、ご報告します』

「よろしくお願いします。それでは、失礼します」

電話を切った。携帯電話をしまって、会話の内容をジャカランダに説明した。

「磯子商事ってのは、夏乃が就職した会社だよ。商社ってのは、なんでもやるからな。夏乃のところみたいに、老人ホームの運営といった社会への貢献度が高い事業から、不老虫の持ち込みみたいな汚い仕事もこなす」

「まあ、しょうがないでしょうね」

名門スタンフォード大学で経済学を勉強しているだけあって、企業の不祥事ごとき、なんとも思わないようだ。

「別段、ナツに迷惑がかかるわけじゃないでしょう?」

「たぶんね。せいぜい、法令遵守の研修を受けさせられるくらいだ。そもそも、日本政府が不老虫のことを公にするかどうかもわからない」

ジャカランダは瞬きした。数瞬の思考の後、自らにするようにうなずいた。

「なるほど。あんな剣呑な生物が日本に入ってきて、しかも繁殖しそうになったなんて、迂闊には公表できない。パニックになるから。世間の平穏を保つためにも、今回の件は極秘に済ませたい。そう考えても、不思議はないね」

「そう。だから、政府と磯子商事の経営陣が交渉するかもしれない。公表しないと決めたら、政府もまた共犯になる。まったくお咎めなしってわけにはいかないだろうけれど、実動部隊の二人だけを処分したりしたら、何を言いふらすかわからない。あの女性三人への補償を磯子商事に持たせて、それで手打ちってところか」

「妥当なところだね」

日曜日の午後だからか、靖国通りは、それほど混んでいなかった。話をしているうちに、新宿のホテルに到着した。駐車場に車を入れる。ビオにケージに入ってもらって、ホテルに入った。いつものように、ロビーに上がってエレベーターの前に立つ。

「お疲れさま」酒井は言った。「ゆっくり休んでくれ。たぶん、明日の午前中は本省に行って報告だ。午後からは抜けられるようにするから、そうしたら遊びに行こう」

至極まともなことを言ったつもりだったが、ジャカランダは仏頂面を返してきた。

「その傷で、放っておけるわけないでしょ。部屋で休んでいってよ。痛み止めと化膿止めを飲んでもらわないと、こっちが落ち着けない」

「え、えっと……」

返答に詰まる。金曜日に、ジャカランダの部屋には入っている。だから抵抗はないはずなのに、心の中にためらいが生じている。なぜだろう。返事をする前に、エレベーターが到着した。

「ほら」

連れ込まれるように、エレベーターに乗った。言われるままに、ジャカランダについていく。

部屋に入って、まずビオをケージから出した。ビオはすぐにペット用のクッションで丸くなった。ビオもまた、仲間を殺して疲れているのだろう。しかも、今日は大量殺戮《さつりく》だ。

そうだ。痛み止めと化膿止めを飲まなくては。ボディバッグから処方された薬を取り出した。周りを見回すと、ベッドサイドテーブルに、ミネラルウォーターが二本置いてあった。ホテルのオリジナルブランドの品だ。一本もらって、薬を飲み下す。

ジャカランダがベッドに座った。「ふうっ」息をつく。ようやく気が緩んだのだろうか。珍しく、背中が丸まっていた。隣に座る。二人とも、しばらくの間無言だった。

「あのとき」ジャカランダがぽつりと言った。

「不老虫は四方八方に散っていた。あのままだと、数秒後には、周りにいた女性たちが寄生されていたでしょうね。わたしにも、どうしようもなかった。ハンターが、聞いて呆れる」

ジャカランダが自虐的な微笑みを浮かべる。すぐに真剣な顔に戻った。

「それを、あなたは防いだ。方法も何もわからないのに、今まで見聞きした情報から、最も確率が高くて、最も大胆な手段を使って。とっさにあんなことができる人なんて、いやしない。でもあなたは、ためらいなくやってのけた」

そんな立派なことはしていない。思いつきが、たまたま当たっただけだ。そう言おうとしたけれど、その前にジャカランダがこちらを向いた。

「はじめて会ったよ」

ジャカランダは、酒井の目を覗きこんだ。「英雄ってやつに。キョーヘイ。あなたは、英雄だね」

「よしてくれ」

酒井は頭を振った。自分にとって、それほど不似合いな言葉もない。

ジャカランダはくすりと笑う。「そう言うと思った」

「えっ？」

「真の英雄は、英雄と呼ばれることを、何より嫌う」

「……」

ジャカランダのことを天才と呼んだとき、彼女は同じ反応をして、自分は同じ感想を抱いた。天才と英雄。まるで、ファンタジー小説だ。違いない。不老虫なんて存在は、現実よりもファンタジーの方がよく似合う。それに関わった、自分たちも。

距離が近い。ジャカランダの体臭が届いてくる。くらくらするような甘い香り。忌まわしき不老虫と同じ香り。まるで香りに惹き寄せられるように、ジャカランダに顔を寄せていく。

距離がゼロになった。

ジャカランダが両腕を酒井の首に回してくる。唇が離れた。

「いいの？」

「何が？」

至近距離で見つめ合う。

「あなたは、わたしを天才と呼んだ」

「うん」

「言ったでしょ。不老石は、脳を活性化する。ビオを見てたら、わかるよね。ただの猫が、あんな物わかりのいい行動を取る？　わたしもビオと同じ生まれ方をした。わたしは、不老虫によって作られた天才なのかもしれない」

「……………」

「それだけじゃない」

ジャカランダは酒井の右手を取って、自分の下腹に当てさせた。「わたしのここにも、不老虫がいるかもしれないよ」

試しているような科白だ。けれど酒井には、そうは聞こえなかった。

ジャカランダは、生まれてからずっと、孤独だった。

アメリカに渡ってからは、養父母に大切にされただろう。この容姿だから、友だちにも不自由しない。彼女は天才だけれど、スタンフォード大学には、天才なんて佃煮にするほどいる。自分と同レベルの友人たちに囲まれて、充実した日々を送っているはずだ。

それでも、彼女は孤独だったのだ。自分は本質的なところで、他人と違っている。友人たちと談笑しているときも、常にそんな自覚が頭にあった。

そんな中、日本から声がかかった。不老虫を退治してほしいと。父親の治療費稼ぎが主目的なのか、それともそれは単なる言い訳で、愛憎入り交じる不老虫を退治したかったからなのかはともかく、彼女は日本にやってきた。そこで、自分に出会った。彼女の秘密を知っても、微動だにしない自分に。

生まれてはじめて、彼女は孤独から解放されようとしている。いや、解放してほしがっているのだ。口では脅すようなことを言いながら、本当は叫んでいる。自分を一人にしないでと。

では、自分はどうする？　答えなど、考えるまでもなかった。

「そうかもしれないな」酒井は答えた。「でも、それがどうかしたのか？」

ジャカランダが泣きそうに顔を強張らせた。酒井を強く抱きしめる。

そのまま、ベッドに倒れ込んだ。


目を覚ましたとき、自分がどこにいるのか、一瞬わからなかった。

そうだ。ここは、ガルフ新宿。ジャカランダの部屋だ。部屋の照明は点けたままだったし、窓には厚手のカーテンが引かれている。おかげで、今何時かわからない。ベッドサイドのデジタル時計を見た。午後九時半。四時間くらい眠っただろうか。

眠っているジャカランダを起こさないように、そっとベッドから降りた。左腕に体重をかけると傷が痛んだけれど、先ほどよりも、ずいぶんとマシだ。痛み止めが効いているのだろう。

薬を飲むのに使ったミネラルウォーターの残りを飲み干す。トイレに行ってから、脱ぎ捨てた服を身につけた。

ベッドではなく、ソファに腰掛けた。さすがに空腹を覚えていた。ジャカランダが目を覚ましたら、食事にしよう。ルームサービスを注文してもいいし、またコンビニエンスストアに行ってもいい。

そんなことを考えていたら、携帯電話の着信音が鳴った。慌ててボディバッグから携帯電話を取り出し、液晶画面を確認する。田沼からだった。

「はい」横目でベッドを見る。ジャカランダが目を覚まして、上半身を起こしていた。

『傷の具合はどうだ？』

田沼はそう言った。ひょっとして、自分の怪我の具合を心配して、電話をかけてきたのだろうか。

「上々です。薬が効いているのか、痛みもそんなにありませんし」

『そりゃ、よかった。でも、油断するなよ。化膿止めは、なくなるまで飲みきるんだぞ』

「わかりました。それで――」

用件はなんだと言おうとして、田沼に遮られた。

『忘れていたことを思い出したんだ』

「忘れていたこと？」

なんだろう。医師からは、彼が言える範囲ですべて話を聞いたはずだ。

『昨日、寄生虫を取り出した話をしただろう。その際、石を血液の中に保存したと』

「おっしゃっていましたね」

『保存のために、前もって採血しておいたんだ。そしてプラスチック容器に入れた』

確かに、そう言っていた。

『俺も、寄生虫と石にばかり気を取られていて、他のことを忘れていた。それを思い出したんだ。あんたには、言っておこうかと思ってな』

緊張に身を硬くした。嫌な予感がする。「……なんです？」

田沼は、重い声で続けた。

『プラスチック容器は、もう一本あった。俺は、それにも血液を入れたんだ。そちらは、石の保存に使っていない』

声が低くなった。

『少しの間、俺は患者からも寄生虫からも目を離していた。そのとき、血液を持った男は、患者の傍にいた。ピンセットを持って。そいつは、もう一本の血液を、何に使ったんだろうな』

全身に鳥肌が立った。

いつの間にか、ジャカランダがそばに来ていた。言葉はわからなくても、酒井の表情から重要な話をしていることがわかったのだろう。

「情報ありがとうございます。こちらでも考えてみます。ことと場合によっては——」

ジャカランダを一瞥してから、続ける。「もう一度話を聞きに伺うかもしれません——警察を連れて」

田沼は電話の向こうでため息をついた。『覚悟してるよ』

「そうならないよう、祈っていてください。それでは、失礼します」

電話を切った。ジャカランダに、電話の内容を説明する。ジャカランダは話を聞きながら、素早く服を着た。

「どう思う?」

ジャカランダは一瞬黙った。少しうつむく。わからないのではなく、ためらうような仕草。しかし、すぐに顔を上げた。はっきりとした後悔が、その表情に浮かんでいた。

「おかしいと思ってたんだ」

「何を？」

「昨日の不老虫。あれほど成長していたのに、あの女の子宮には、卵も幼虫もいなかった」

背中を不老虫が這っているような恐怖が、身体を貫いた。

「そ、それって」つっかえながらも、なんとか答える。「磯子商事の奴は、幼虫を血液に入れて持ち帰ったっていうのか？」

「その男が吸血鬼でもないかぎり、他に用途はない」

ぐえ、というみっともない呻《うめ》き声が、喉から出てきた。やっぱり自分は、英雄なんかじゃない。

手に持ったままの携帯電話に指を当てた。有原に電話をかける。

『はい』

二コールで回線がつながった。酒井は、田沼院長から聞いた話を、警察官に伝えた。

「というわけで、磯子商事が不老虫を増やそうとしている危険があります。宿主が秋葉原に留まっている間は私たちでなんとかなりましたが、こうなると二人ではどうしようもありません。警察の方で動いてください」

『わかりました。すぐに動きます』

「お願いします。では」

電話を切った。再びジャカランダに顔を向ける。

「警察には、連絡しておいた。非常事態だ。法的根拠は後回しにして、警察は磯子商事に押し入るだろう。でも、だからといって警察に任せきりでいいわけじゃない」

「実動部隊の二人だね」ジャカランダはすぐに反応した。「元々が、会社から非合法の仕事をさせられている連中。いちいち会社の指示を待たずに、独自に動いている可能性が高い。警察が磯子商事の本社に行っても、意味がない」

じゃあ、どうすればいいんだ――そう大声を出しかけて、思い留まる。ここは、考えなければならない局面だ。

「ジャカランダ。教えてほしいんだけど」

「何？」

「不老虫だ。哺乳類全般に寄生するのに、磯子商事は人間に寄生させた。その方が日本に運びやすいのは確かだろうけど、だから人間を宿主に選ぶというのは、あまりにも短絡的で非人道的だ。連中には、どうしてもそうしなければならない理由があったんじゃないのか？」

「そうだよ」ジャカランダは当たり前のように答えた。「人間の脳に効く不老石は、人間に寄生した不老虫からしか採れない」

やっぱり、そうか。

「もうひとつ。連中は幼虫を血液に入れて、宿主の中にいなくても死なないようにした。そのまま、放っておいていいのか？」

「ダメだね」またしても即答。「やつらは貪欲なんだ。血液の中ってのは、あくまで臨時の居場所に過ぎない。早く宿主に移さないと、共食いを始める。最後に残った一匹も、やっぱり宿主に入れなければ餓死する」

「血液に移してから共食いを始めるまで、どのくらいの時間がかかると思う？」

「はっきりしたことは言えないけど、二、三日ってところだと思う」

二日から三日。昨日の午後に取り出したのなら、明日か明後日には宿主に移さないと、それまでの苦労が水の泡になる。

いや、そんな悠長なことはしていないだろう。もし磯子商事が不老虫の特性をよく理解しているのなら、事前に次の宿主を用意しておくだろう。そして、幼虫が手に入ったら、すぐに移す。自分ならば、昨日のうちにやっている。

絶望が酒井の精神を侵蝕した。遅かったか。昨日のうちに、すでに日本での大発生は決められていたのか。

思考停止になる直前で、しかし酒井は踏みとどまった。待て。本当に、そうか？

「もし、連中が日本で新たな宿主を用意できたとしよう。じゃあ、宿主はどんな人たちなんだろう」

酒井は独り言のように言った。いや、事実、独り言なのだ。考えをまとめるためなのだから。けれどジャカランダは反応してくれた。

「やっぱり、同じような人たち？　日本に出稼ぎに来ている、外国人女性」

「いや、違う」天才の発言を、酒井は一蹴した。「彼女たちは働きに来ているんだ。酔客の相手もしなければならない。磯子商事の立場に立ってみたら、わかる。そんな危なっかしい女性に、寄生させるだろうか」

「……しないかもね」

「連中にとっては、虎の子の幼虫だ。宿主には、勝手な行動を取ってもらいたくない。でも、生きた人間にじっとしていろというのは、無理な話だ。行動が制御できる人間にしか、寄生させられないだろう」

「動けない人間」ジャカランダが宙を睨んだ。「病人とか？」

「それに近い人たちもいるな」酒井が後を引き取った。「はっきりとした病人じゃなくても、身体が弱くなって、ずっと引きこもっている人とか」

「病人じゃなくても弱っている人っていえば、高齢者が思い浮かぶけど」

言った次の瞬間、ジャカランダの目が見開かれた。酒井はうなずく。

「子宮を持った人間で、一カ所に集まっていて、勝手にうろうろしない。監視しながら不老虫の成長を確認するには、そんな条件が必要だ」

「老人ホームの、おばあちゃんたち」

磯子商事の系列に、介護付き有料老人ホームを経営している企業がある。そこには、夏乃が勤務している。

「ちょっと待て」酒井は右掌を一度額に当ててから、ジャカランダに向けた。「昨日、夏乃は変なことを言ってたぞ。親会社から『家族が来なくなった入居者のリストを作っておくように、指示があった』って。夏乃は親会社が運営に口を出しているように思ったみたいだけど、違うんじゃないか？」

「家族が来なくなったということは、どうとでも対応できるってこと」ジャカランダが続けた。「そのリストに載っている入居者に寄生させるつもりか」

「逆にいえば、リストがないうちは、連中も動けない。夏乃は、今日の午前中に作ると言っていた。だとすると、最速で今夜だ」

二人で顔を見合わせた。

「まずいっ！」

「行こうっ！」

酒井とジャカランダが同時に言った。眠っているビオをケージに入れ、部屋を出た。

「ナツの勤務先は、知ってるの？」

エレベーターの中で、ジャカランダが訊いてきた。

「行ったことはないけど、施設名は聞いてる」

自分のスマートフォンで施設のホームページを開いて、情報を確認する。あった。東京都調布《ちょうふ》市。新宿から、それほど遠くない。この時間帯なら、車で三十分といったところだろう。

「ナツに連絡は？」

酒井は首を振った。「勤務時間中は、私物はまとめてロッカーに入れておく規則らしい。携帯に電話しても、出ない」

「代表に電話して、呼び出してもらえば？」

車を路肩に停車させて、もう一度勤務先のホームページを開く。

「ダメだ。電話が通じるのは午後八時までだ。面会時間は午後九時まで。こちらも過ぎてる」

「行くしかないってことか」

「そういうこと」

しかし焦って車を急発進させたりはしない。自分のスマートフォンをしまって、代わりに預かった携帯電話を取り出した。リダイアルボタンを押す。今度は四コールかかって、回線がつながった。『はい』

有原の声だ。

「農水の酒井です。先ほどの件ですが、わずかながら可能性のある場所に行ってみます」

『どこですか？』

怪訝《けげん》そうな声。酒井は先ほどジャカランダと話した内容を、有原に伝えた。有原が唸る。

『なるほど。可能性はありますね。私たちは磯子商事に動員をかけますが、そちらに若木と戸倉を向かわせます』

「お願いします」

電話を切って、カーナビゲーションシステムをセットした。現在時刻は午後九時五十二分。到着予定時刻は午後十時二十八分となっている。

「遅すぎたかもしれない」

車を走らせながら、酒井は言った。ジャカランダが反応する。

「そのわりには、絶望した顔じゃないね」

「ああ」酒井は自分に言い聞かせるように続けた。「消灯して、すぐに動けるわけじゃない。入居者が完全に寝静まるのを待たなければならないから、一時間やそこらは猶予《ゆうよ》があるはずだ。そこに賭けよう」

酒井はアクセルを踏み込んだ。

＊

城東製薬の中里は、調布駅で館林みづきを待っていた。磯子商事の葉山から連絡があったのだ。

『先ほどは、大変失礼いたしました。今度は間違いありません。でも、秋葉原の田沼医院ではありません。場所が変わりました。調布市までお願いします』

午後四時から不老石の取り出しをするから来てくれと言われて準備をしていたら、急に延期の連絡が入った。拍子抜けしてビールでも飲もうと思っていた矢先に、三度目の連絡があった。振り回されるのはまっぴらごめんだが、不老石のためならば、仕方がない。むしろ、日曜日の夜にもかかわらず呼び出してしまったみづきに、申し訳なく思う。

『館林さんにも、ぜひ』

葉山はそう言った。それはそうだろう。不老虫から不老石を取り出すためには、二人必要だ。一人が不老虫の身体を押さえつけて、もう一人が腹を裂いて不老石を取り出す。昨日は、自分とみづきがやった。磯子商事の人間は、そのどちらも担当したくないのだろう。依頼どおり日本に持ち込んだから、取り出しは任せますよ、と。

いいだろう。そのくらい、いくらでもやってやる。不老石は、多ければ多いほどよい。その方が、父のために隠匿できる量が増えるから。

また電車が到着したようだ。ホームから改札に向けて、多くの乗客が降りてきた。その中に、みづきの姿があった。

「お疲れさまです」

みづきは中里に会釈した。

「悪いな。夜までつき合わせて」

「いえ。わたしは、全然大丈夫です。それにしても――」

みづきは左右を見回した。「変なところを指定されましたね。老人ホームなんて」

「宿主を隠してるんだろうな」

中里が答える。「考えてみれば、いい選択かもしれない。部屋にこもりきりでも、他の入居者は不思議に思わない。ホームの運営形態にもよるけれど、医療機器を持ち込んでも、怪しまれない」

「なるほど。前川さんなら、そこまで考えそうですね」

「そうだな。とりあえず、行こう」

タクシー乗り場を探して、タクシーを捕まえた。行き先を告げる。

中里は窓から夜の町並みを見ながら、心の中で呟いた。

不老石、待ってろよ――。

＊

酒井夏乃は、大きく伸びをした。

夜勤は別に嫌ではないけれど、暇なのが性に合わない。介護付き有料老人ホームだから、完全に健康な入居者は一人もいない。けれど入院が必要な病状の人もいないから、夜中に急に呼び出しがかかることも、多くないのだ。それでも、万が一に備えて待機していなければならない。

といっても、今夜は暇ではない。親会社——夏乃の本来の所属先である磯子商事の人間が来ているからだ。

午後になって、電話がかかってきた。この前依頼したリストはできているかと。昨晩兄に予告したとおり、午前中に仕上げている。その旨答えると、夜になったら確認しにいくという。なぜ夜なのか、尋ねる前に電話が切れた。

そして、言葉どおり、消灯時刻を過ぎてから、若い男がやってきた。

「この前依頼した、リストを見せてくれ」

『営業部　第十三営業課　葉山哲久』と書かれた名刺と社員証を出した若い男は、夏乃にそう告げた。

どうして、日曜日の夜に？

そう思いながらリストを差し出すと、こちらの考えを読んだのだろう。葉山は意地悪そうな笑みを浮かべた。

「商社の営業に行ったら、曜日も時間も関係ないぞ」

夏乃が磯子商事から研修のために派遣された新人だと知っているのだろう。先輩面して言った。

「内容を確認したいんだけど、どこかに空き部屋はあるかな。会議室みたいなところがいいんだけど」

「応接室があります。応接セットひとつなので、五人くらいしか入れない狭い部屋ですけど」

「それでいいよ」

奥の応接室に案内する。

「それから、もう少ししたら、来客があるはずだ。私の名前を出してくるはずだから、そうしたら呼んでくれ」

「わかりました」

どうにも奇妙だ。しかし本社に確認しようにも、日曜日の夜だ。社員証の顔写真と本人が一致しているから、この男性が磯子商事の社員であることは間違いない。館長は親会社の機嫌を損ねることを何より恐れているから、館長に訊いても指示に従えと言うばかりだろう。だったら、好きにさせるしかない。

やや集中力を欠く態度で事務仕事をしていたら、玄関の呼び鈴が鳴った。面会は午後八時までで、消灯は午後九時となっている。現在は午後十時十五分だ。ということは、面会に来た家族ではない。おそらく、葉山が言っていた客だろう。インターホンの受話器を取った。「はい」

『夜分、恐れ入ります。城東製薬の中里と申します。こちらに、磯子商事の葉山さんはお
いでではないですか？』

やはり、そうか。

「はい、おります。少々お待ちいただけますか？」

受話器を戻して、応接室に向かった。

「葉山さん。城東製薬の中里さんという方がおみえになっていますが……」

葉山はリストから顔を上げた。

「おお、そうか」

立ち上がった。玄関の鍵を開けると、外には三十代と思われる男性と、二十代らしい女
性が立っていた。

「夜分にお呼び立てしてしまい、申し訳ありません」

葉山が丁寧にお辞儀をする。つられて夏乃もお辞儀した。

「お入りください」

ホーム内は土足厳禁だ。玄関でスリッパに履き替えてもらって、応接室に通した。

「お茶とかコーヒーとかは、いいから」

葉山は夏乃にそう言って、応接室のドアを閉めた。

おいおい。そこには個人情報満載のリストがあるだろう。それなのに、部外者を入れるのか？

そう言いたいところだけれど、何しろ相手は親会社の人間だ。迂闊なことを言って、戻れなくなるのも困る。さすがにリストを見せたりしないだろうと信じて、事務室に戻った。

一分も経たないうちに、中里が一人でロビーに出てきた。スマートフォンを耳に当てている。打ち合わせ中に電話がかかってきて、中座する。よくあることだ。壁際の椅子に座って、小声で話していた。

あの人たちは、いったい何者なんだろう。城東製薬といえば、一般大衆薬でなく、医療機関向けの医薬品開発で有名な企業だ。新開発した医薬品を、うちの入居者に使うのだろうか。そんな話は聞いていないし、仮にそうであったとしても、日曜日の夜に来るのは怪しすぎる。葉山は、あのような連中を呼んで、いったい何をしようとしているのか。

やはり、館長に電話しよう。どんな反応をされたところで、ここは報告したという事実を作っておいた方がいい。そう考えて、電話に手を伸ばした。

そのとき、また呼び鈴が鳴った。

*

葉山は、応接室のドアを閉めると、城東製薬の二人にソファを勧めた。

「それで」座る間も惜しいといったふうに、中里が口を開いた。「不老石はどこに?」

葉山はもったいぶるように両手を広げた。「不老虫は、この建物にいます」

不老石と言わずに不老虫と言ったことに、中里は気づかなかったようだ。安心したように息をつく。

「それで、取り出しは、すぐに?」

「そうですね」

葉山がそう言ったところで、電子音が鳴った。中里がジャケットのポケットを探る。スマートフォンを取り出した。液晶画面を確認する。

「おや、前川さんからです」

「前川から?」葉山は不思議そうな表情を作った。「前川は別の場所で仕事をしているはずですが、どうしたんでしょう」

中里は答えず、電話に出た。「はい。ああ、お疲れさまです」

電話で話しながら、立ち上がった。顔の前に手刀を立てて、応接室を出る。葉山は黙って見送った。

うまくいった。前川には、葉山が連絡したら中里に電話してくれるよう、頼んでおいたのだ。中里と館林みづきを引き離さなければならない。そのための奸計《かんけい》だった。

葉山はみづきと向かい合った。

「館林さんも、日曜日の夜を潰してしまいまして、申し訳ありません」

あらためて頭を下げる。みづきは素っ気なく首を振った。

「いえ、用事があったわけでもありませんし」

「いえいえ。館林さんのような仕事熱心な研究員がおられるのですから、城東製薬さんの将来は安泰ですな」

いかにも営業マンが言いそうなおべんちゃらに、みづきは反応しなかった。

「昨日もそうです。土曜日の午後だというのに、きちんと来てくださった。本当に熱心なお方です。でも――」

葉山は声を低くした。「今回は、ちょっと違いましたね」

みづきが首を傾げた。意味がわからないと。たいした鉄面皮《てつめんぴ》だ。

「館林さん」葉山は静かに言った。「あなたは、情報を漏らしましたね？」

みづきは瞬きした。意味がわからないと。

「不老虫のプロジェクトは、極秘に進められてきました。でも、情報を漏らした人間がいます。この前お話ししたように、おかげで不老虫が一匹始末されました」

「……」

まだ反応しない。

「私たちは、漏洩者の正体を探るうちに、ひとつの結論を得ました。昨日、田沼医院にいた人間の中に、漏洩者はいると。弊社の二名を除くと、中里主任と館林さんしかいません。中里さんは、このプロジェクトに最も入れ込んでいる方です。とすると、残るは館林さん、あなたしかいない」

みづきが目を見開いた。数瞬の間を置いて、口を開く。「知りません」

まだしらを切るか。では、言いたくなるよう、仕向けてやろう。

「わかりました」葉山は頭を振った。「館林さんは、不老虫から不老石を取り出すためにいらっしゃった。不老虫なら――」

葉山はスーツのポケットに両手を突っ込んだ。引き出された左手には、プラスチック容器を握っていた。続いて右手も。右手には、ピンセット。

「ここにいますよ」

血液で満たされたプラスチック容器のスクリューキャップを、回して開けた。ピンセットの先端を突っ込む。中にいる不老虫の幼虫を一匹つまむと、引き出した。応接セットのテーブルに落とす。キャップは、すぐに閉めた。

午後の、秋葉原中央通りでの経験が活きた。人垣の中で、不老虫は女性に向かって進んでいった。生物としての本能で、繁殖がすべてに優先される。人垣には男性も女性もいた。しかし不老虫たちは、すべて女性に向かっていったのだ。

それならば、男女二人がいる空間で不老虫を解き放っても、不老虫は女性の方に向かうのではないか。

もちろん、リスクはある。しかし前川に切り捨てられないためには、この程度のリスクは負わなければならない。不老虫の幼虫を老人ホームの女性入居者に寄生させ、さらに裏切り者も始末する。そうしてはじめて、前川の信頼を回復することができるのだ。

動きを止めていた不老虫は、テーブルに落とされた衝撃で目が覚めたようだ。みづきの匂いを感じたか、みづきに向かって進み始めた。

「ひっ！」

みづきが短く叫んだ。顔面が蒼白になっている。無理もない。ここには中里はいないし、エタノールを満たした容器もない。

「喋ってしまいなさい」葉山は静かに言った。「そうしなければ、不老虫が襲ってきますよ」

「知らないよっ！」

みづきが大声を出した。立ち上がろうとする。しかし脚に力が入らないのか、なかなか立てない。そうしているうちに、不老虫がテーブルの端まで来た。さらに進もうとして、テーブルから床に落ちた。

「ひいいっ！」

足元に不老虫が落ちて、反射的にみづきが立ち上がった。テーブルとソファの間の狭い空間を横に移動する。出口に向かおうとするのを、葉山が妨害した。

不老虫は、みづきに向かって床を這っていく。速い。ミミズだって蛭だって、こんなに速くは動けない。みるみるうちに、みづきとの距離を詰めていった。

みづきがソファの背もたれに手をかけた。不老虫が襲いかかろうとする直前にジャンプして、ソファの上に乗った。不老虫がソファの脚から登っていく。すぐに肘掛けにたどり着いた。みづきがソファの上を移動する。不老虫が追っていく。みづきが、ソファの反対側に降りた。

ああ、それはまずい。

葉山は心の中で論評した。ソファと壁の間の狭いスペースに降りてしまえば、そこから動けない。ましてや、不老虫が追ってきているのだ。

「まだ認めませんか。自分が、裏切り者だということを」

「知らないってば！」

みづきは叫んだが、身体は動かない。狭いスペースから、別の場所に移動できないのだ。どんどん不老虫が近づいてくる。

「じゃあ、仕方ありませんね」葉山が首を振った。「不老虫の、新しい宿主になってください」

不老虫が、反対側の肘掛けにたどり着いた。後はみづきに飛びかかるだけだ。みづきは、恐怖に顔を引きつらせていた。

そのとき。

突然、応接室のドアが開いて、小さな影が飛び込んできた。みづきに飛びかかろうとした不老虫が、不意に消える。目が追いついたとき、不老虫を咥えた猫がソファに降り立っていた。

続いて人間が入ってきた。三人だ。中里。眼鏡の男。そして、デニムジャケットの女性だった。

中里以外に二人。どちらにも、見覚えがあるぞ。そう、忘れもしない――。

葉山は最後まで考えられなかった。側頭部に衝撃が走ったからだ。数瞬遅れて、デニムジャケットの女性に頭を蹴られたことを理解した。狭い場所で窮屈な体勢で蹴ったから、気絶するほどの威力はなかったけれど、ダメージは大きかった。左脇腹を下にして倒れる。

左手に持っていたプラスチック容器が、床に転がった。みづきの元に駆け寄ろうとした中里が、容器を踏んでしまった。「バキッ」という音がして、容器が割れた。

騒動で身体が覚醒したのか、みづきがジャンプした。テーブルの上に乗る。

「大丈夫かっ！」

中里が大声で言った。テーブルから床に降りたみづきは、目に涙を浮かべながらも、気丈にうなずく。「大丈夫です」

その言葉に、眼鏡の男の声が重なった。

「早く部屋を出てください！　急いでっ！」

まず、中里とみづきが応接室を出た。続いてデニムジャケットの女性、不老虫を口から離した猫も、姿を消した。最後に眼鏡の男が部屋を出た。ドアが閉まる。

その様子を、葉山は朦朧とした頭で見ていた。

やれやれ。また失敗か。しかし、みづきの罪を暴くのは、本筋ではない。重要なのは、家族が来なくなった女性入居者に、不老虫を寄生させることなのだ。そうやって不老虫を増やし、不老石を量産する。

葉山は身を起こした。床に座り込む。頭を蹴られた衝撃が過ぎ去り、なんとかまともな思考力が戻ってきた。戻ってきた思考力がまず発したのは、警告だった。

ここに、不老虫がいると。

「うわわっ！」

葉山は立ち上がろうとした。しかし身体がダメージからまだ回復していない。いうことを聞かなかった。

猫から解放された不老虫は、葉山に気づいたらしい。あらためて反対側の肘掛けに移動した。見下ろすように、葉山に先端を向けている。

「あ、あ……」

葉山は意味のない声を上げた。相手に目がないにもかかわらず、蛇に睨まれた蛙のように動けない。

それだけではなかった。すぐ近くに、プラスチック容器が落ちている。周囲のカーペットが、血に染まっていた。ということは、プラスチック容器が密閉性を失って、血液が流出しているということだ。プラスチック容器に入っていたのは、血液だけではない。容器の割れ目から、何匹もの不老虫が這い出てきた。同時に、葉山を認識する。

不老虫たちが、一斉に葉山に襲いかかった。

絶叫が響き渡った。

*

「何なの？」

夏乃が怒り口調で言った。

「いきなりジャッキーを連れてきたと思ったら、『無事か？』だなんて。おまけに、その包帯は、何？　いったい何が起こってるのよ」

応接室では、五人がテーブルを囲んでいた。

酒井恭平。

ジャカランダ・マクアダムス。

酒井夏乃。

中里貴志。

館林みづき。

先ほどまでは警視庁の若木と戸倉もいたけれど、今はいない。葉山を連行していったからだ。有原にも、すでに顚末《てんまつ》を報告している。これで、大勢の警察官が夜中に右往左往する事態は避けられた。

「おまえには、後で詳しく説明する」

酒井は妹にそう言った。「だから、おまえも他の職員の人たちと事務室にいてくれ。ここが終わったら、声をかけるから」

夏乃は不満そうだったけれど、ここは兄の言うことを聞くべきだとわかっているのだろう。立ち上がって、応接室を出て行った。

酒井とジャカランダは、あらためて城東製薬の二人と相対した。すでに、お互いの自己紹介は済ませている。

親族が入居しているわけでもない老人ホームに、面会時間終了後に現れたのだ。どのような言い訳も通用しないとわかっているのだろう。中里たちは、不老虫を巡る経緯について、素直に話してくれた。もっとも、ここには磯子商事側の人間がいない。目の前の二人が城東製薬に有利な発言をしている可能性は十分にあるから、後の検証は必要だろう。

「なんとか、不老虫の拡散は防げました」

酒井は、本当はこいつらをフライパンで炭にしてやりたいと思いつつ、抑えた口調で言った。

絶叫が聞こえてから三十秒待って、酒井たちは中に入った。そして葉山にたかっている不老虫をジャカランダが引き剝がし、ビニール袋に入れた。そして夏乃の案内で給湯室に入り、そこにあったやかんで茹《ゆ》でた。フライパンがなかったからだが、最後まで緊張感のない殺し方だ。

目、鼻、耳、口、尿道、肛門という、人体すべての穴に不老虫の侵入を許した葉山は、床に座り込んで、低い声で笑っていた。自分が失禁していることにも気づいていないようだった。話しかけても反応しないから、応接室にそのまま残して、やってきた若木と戸倉に引き渡した。正確な罪名はわからないけれど、不老虫に館林を襲わせようとしたのだ。犯罪行為なのは間違いないだろう。警察に任せるのが、いちばんいい。

「幸運だったに過ぎません。あの葉山という人物は、館林さんを裏切り者と信じていたようです。裏切り者への制裁を優先させてしまった。葉山が到着してすぐに宿主確保に動いたのなら、間に合いませんでした。優先順位を間違えたから、助かっただけです」

酒井は、中里の目を覗きこんだ。

「不老虫は、それほど危険なものなのです。あなたたちがやったことは、火薬庫での火遊びだ」

「そうするしかないのなら、仕方がありません」中里は酒井の目を見返して答えた。

「認知症の特効薬があるとわかっていて、放っておけるわけがない。不老石は、高齢化する人間社会への福音なんです」

「それが、悪魔の福音でもですか？」

「天使だろうが悪魔だろうが、福音は福音です」

「そのために、何人犠牲になっても？」

「すでに数え切れない人数が、認知症の犠牲になっています」

中里の発言には淀みがない。

酒井はため息をついた。信念を持っている人間ほど、厄介な存在はない。

「だったら、今度はあなたが取ってきてください。ベトナムだかラオスだかのジャングルに分け入って」

「そうしますよ」中里は即答した。「それで、不老石が手に入るのなら」

だったら、これ以上の会話は不要だ。

彼らの行ったことが、法に触れるのかどうかは、わからない。城東製薬は、磯子商事に不老石の入手を依頼しただけ。そう言い張られたら、罪に問うことはできないかもしれない。

まあいい。法律と道義は別物だ。自分は農林水産省の人間であって、法務省の所属ではない。後は、法律のプロに任せよう。

「では、帰ります」

中里と館林が立ち上がった。そこに酒井が声をかけた。

「確認しますが」

二人が振り返る。

「本当に、館林さんが密告したわけではないんですね？」

館林の返事はシンプルだった。「はい」

四人で応接室を出た。事務室の夏乃に声をかけて、玄関の鍵を開けてもらう。二人の研究者は出ていった。

あらためて鍵をかけて、夏乃は振り返って兄を睨みつけた。「――恭平」

顔も声も怖い。

「説明してくれるんだよね」

そしてジャカランダに顔を向ける。「ひょっとしてジャッキーは、あれのために日本に来たの？」

不老虫を給湯室で殺す際、夏乃もまた、不老虫を見ている。

「そう」ジャカランダは素直に答えた。「ごめんね。ナツにまで怖い思いをさせて」

正面から謝られて、夏乃は戸惑ったように瞬きした。「いや、わたしは何もされてないからいいけど……」

「今日は、もう遅い」酒井が口を開いた。「ジャカランダも疲れてる。説明はまた今度だ」

「……うん」

ジャカランダが疲弊しているのが、夏乃にも見て取れたのだろう。その理由はわからなくても、休んでもらう必要は理解したようだ。

夏乃が周りを見回した。

「でも、あれは、もういないんだよね」

「それは、大丈夫。わたしとビオが保証する」

そのビオは、大きくあくびをした。ひょいとジャンプして、酒井の頭に乗った。甘えるような仕草。疲れているから、歩くのが億劫《おっくう》になったのだろうか。今まで酒井のことを完全に無視していたのに、嘘のような変わり様だ。

「じゃあ、ジャカランダを送っていくよ。明日になったら、今日のことについて、磯子商事から何か連絡があるかもしれない」

黙っておけという通達が来るだろう。そんなニュアンスを含ませた。察したらしい夏乃がうなずく。「わかった」

気をつけてね、という言葉を背に、二人と一頭で玄関を出た。駐車場に向かう。

駐車場には、八台の自動車が止まっていた。車通勤している職員のものだろうか。自分たちが来たときより、一台増えている。ドイツ車だ。そのボンネットに腰掛けるように、体格のいい男性が立っていた。その顔には、見覚えがある。若木が送ってくれた写真の顔だ。

男性――前川は酒井たちに気づくと、小さく会釈した。酒井は、ほどよい距離で足を止めた。ジャカランダが浅く腰を落とす。前川が襲いかかってきたときに備えて、臨戦態勢に入っているのだ。彼女は総合格闘技をやっている。その実力は、葉山をハイキック一発で仕留めたことでも明らかだ。

しかし、前川は静かだった。

「葉山さんは、連行されましたよ」

酒井は英語で話しかけた。前川は小さくうなずく。英語で答えた。

「知っています。先ほど、覆面パトカーに乗せられるのを見ましたから」

その表情は、平静そのものだった。

城東製薬の中里は、居直った。この男は、どんな言い訳をするのだろう。

「不老虫《エターナル・ユース・ワーム》は、すべて始末しました」

前川の表情を探る。しかし前川は軽く首を傾げた。「えっ？　えたあなる？　何ですか、それは」

「あなたが日本に持ち込んだやつです」

「私が」目を大きくする。そして何かに思いあたったように、頭を掻いた。

「仕事柄、海外に行くことが多いんです。そうしたら、東南アジアで現地の女性といい仲になりましてね。会社に内緒で、日本に連れてきたんですよ。あなたがおっしゃっているのは、あの娘たちのことですか？」

「そういっていいと思います」

前川は頭を振った。「でも、日本の気候に馴染めなかったようです。体調を崩したので、現地に帰そうと思っています。悪いことをしました。あの娘たちとは、向こうで会うことにします」

とても嘘をついているようには見えない話し方だった。

「葉山さんは？　あの人は、城東製薬の社員を脅していましたよ」

「ああ——」前川は天を仰いだ。「あいつは、城東製薬の女性社員に入れ込んでいましてね。お会いになりましたか？ すごい美人でしょう。でもつれなくされて、逆恨みしたんですね。ストーカーというわけです。上司として、お詫《わ》びします」

酒井たちに向かって、深々と頭を下げた。顔を上げた前川に、酒井は話しかけた。

「あなたは、またやるんですか？　『現地で仲良くなった女性』を、また日本に連れてくるんですか？」

「どうでしょうか」前川は曖昧に首を振る。「今度のことで、会社から大目玉を喰らいそうです。それどころじゃなくなるかもしれません」

政府と磯子商事の上層部が話をしたならば、不老虫の持ち込みにはストップがかかるだろう。前川が磯子商事に所属しているかぎり、彼が不老虫を持ち込むこともない。

「私からも、ひとつ伺ってよろしいですか？」

「何でしょう」

前川はジャカランダに視線を向けた。

「そちらの方には、不思議な能力があるのではないですか？」

不老虫を見つけだし、襲われない能力のことだろうか。

「どうして、そんなことを訊くんですか？」

「そう考えれば、すべての謎がすっきり解けるものですから」

「そうですね」酒井がジャカランダに代わって答える。「すっきりするのであれば、そうお考えになっていいんじゃないでしょうか」

前川が声を上げて笑った。スーツの内ポケットを探った。名刺入れを取り出す。

「面白い方だ。名刺交換させていただいてよろしいでしょうか」

酒井もボディバッグから名刺入れを取り出した。一枚抜き出して前川に渡す。前川からも『株式会社磯子商事　営業部　第十三営業課　課長　前川康男』と書かれた名刺をもらった。

被害を受けた女性たちのことを考えると、この男を許すことはできない。しかし、自分にどうこうする権限はない。葉山と同様、前川への追及は、警察の仕事だ。自分がもうこの男と会うこともないだろうけれど、記念の品にはいい。

前川は酒井の名刺をしまった。

「それでは、帰ります」

「お気をつけて」

前川はドイツ車に乗り込むと、静かに車を発進させた。すぐに見えなくなる。

「――ふうっ」

酒井は大きく息をついた。身体から力が抜ける。

すべて、終わった。

ようやく、そう思えた。その手を、ジャカランダが握った。

「帰ろう」

第五章　月曜日

午後三時。城東製薬東京研究所の小宮山所長は、所長室で電話を取った。研究総務の女性社員からだ。

『所長。お電話が入っています。農林水産省の方からですが』

「農林水産省？」

訊き返したが、すぐに続けた。「つないでくれ」

製薬会社の監督官庁は厚生労働省だ。農林水産省ではない。いったい、なぜ？

「お電話代わりました」

受話器に向かって話しかけると、若い男の声が返ってきた。

『農林水産省の酒井と申します。小宮山所長でいらっしゃいますか』

「そうですが」

『密告したのは、あなたですね？』

息が止まった。

「……何のことでしょうか」

『中里さんに教えていただきました。研究所でこの件を知っているのは、中里さんと館林さんの他には、所長の小宮山さんだけだと。密告者は、秋葉原の病院について情報を流してくれました。でもそれは、土曜日のことです。その時点で病院の情報を聞いているのは、あなた方三人ですから。二人が違うのなら、あなたです』

「………」

『おかげで助かりました。感謝しています。でも、なぜ社名を隠して密告したんですか？』

質問には、ふたつの意味がある。なぜ密告したのかと、なぜ社名まで言わなかったのかと。

小宮山は大きく息を吸って、吐いた。また息を吸う。

「私は会社員であり、娘の父親でもあります。それで十分ではないですか？」

小宮山の回答は、農林水産省の男を満足させたようだ。受話器の向こうで、笑うような気配があった。

『御社が手に入れた不老石は、今さらどうするつもりもありません。好きに使ってください。でも、もし追加が必要になっても――』

相手の声が低くなった。小宮山は受話器を握りしめた。

『決して、不老虫ごと持ち込まないように。まあ、あなたはわかっているでしょうけど』

「心得ています」

『期待しています。では、失礼します』

電話が切れた。

＊

酒井は電話を切った。ジャカランダに顔を向ける。「やっぱり、研究所長だったよ」

「そう」スーツケースを持ったジャカランダが応える。

二人は、成田空港にいた。ジャカランダは、午後五時のサンフランシスコ行きＡＮＡ〇〇八便に乗るのだ。

「結局、観光もおいしいものも、なしか」

「おいしいものなら、食べたよ。ナツの手料理も、キョーヘイと食べたコンビニエンスストアのおにぎりも」

酒井が苦笑する。

昨晩、酒井はジャカランダの部屋に泊まった。そして朝になって、彼女が言いだしたのだ。今日、帰ると。

慌ててあちこちに連絡して、帰国の手配を整えた。ビオをトラブルなく飛行機に乗せるためには、矢内に動いてもらわなければならない。江本に連絡して、日米の検疫所に話を通してもらうよう、頼んでもらった。おかげで、こうして成田空港にいられる。

搭乗手続を終えて、スーツケースを預けた。ビオも客席ではなく、与圧されたペット用のエリアに乗せられる。この後、ジャカランダは保安検査場に行く。酒井が一緒にいられるのは、ここまでだ。

「帰っちゃうんだな」

酒井が言うと、ジャカランダはうつむいた。すぐに顔を上げる。

「このまま日本に残れとは、言ってくれないんだね」

酒井は一瞬黙った。抱きしめたい衝動に耐え、ゆっくりと口を開く。

「君の未来は、日本にはない。ここは、君の古傷をえぐった国だ。君がいるべきところじゃない」

ジャカランダは首を振る。

「日本に来てよかったよ。あのまま仮面をかぶって暮らしていたら、いつか焼き切れていたかもしれない。自分の穢らわしさに耐えきれなくなって」

一旦言葉を切った。膨大な感情を抑えるように。そして、続けた。

「でも、日本でキョーヘイに会えた。あなたは、こんなわたしを受け入れてくれた。このままでいいと。このまま生きていてもいいと。だから――」

ジャカランダは最後まで言わなかった。黙って顔を近づけてくる。ほんの一瞬のキス。

「ナツによろしく言っておいて」

「承知した」

「じゃあ、行くね」

「気をつけて」

短い言葉のやり取り。ジャカランダは保安検査場に向かって歩いていった。

彼女は、振り返らなかった。

終章

「えーっ、帰っちゃったの？」

夏乃が非難の声を上げた。家に帰って、ジャカランダが帰国したと話したときだ。

「仕方がないだろ。本人が帰るって言ったんだから」

「一緒に観光するって言ったのに」

夏乃はまだ不満たらたらだ。

「でも、お前の手料理がおいしかったって言ってたぞ。それから、よろしくって」

「わたしなんかより」夏乃は兄の顔を見上げた。「恭平の方が残念なんじゃないの？」

「残念とか、そういう問題じゃない」酒井は目を逸らして答える。「仕事なんだから、終わったら、それまでだ」

「またまた」夏乃は意地悪そうに笑う。「顔に書いてあるよ。帰したくなかったって」

「腹が減った」

妹の戯れ言を聞き流して、酒井は言った。ボディバッグを外して、ソファに投げる。途端に、夏乃が膨れた。

「もーっ、ちゃんと片づけてって、いつも言ってるでしょ」

言いながら、ボディバッグを取る。すると、何かに気づいたように顔を近づけた。匂いを嗅ぐ。不審げに兄に近づくと、着ているシャツも嗅いだ。

「恭平。ひょっとして、ジャッキーに香水でももらった？」

「えっ？」

言っている意味がわからない。妹はもう一度兄の匂いを嗅いだ。

「ジャッキーと、同じ匂いがする」

解説

細谷《ほそや》正充《まさみつ》
（文芸評論家）

「本格ミステリー作家・石持浅海が放つ飛びっきりの変化球に仰天せよ！」

これは二〇一九年四月に光文社から刊行された、石持浅海の書き下ろし長篇『不老虫』の帯に書かれていた惹句である。作者は長篇デビュー作の『アイルランドの薔薇』と第二長篇『月の扉』で、クローズドサークルの殺人事件を扱い、本格ミステリー作家として広く認知された。その後の作品でも強烈な謎を提示しているので、本格ミステリー作家というイメージを持たれているのは間違いではない。しかし、それだけで石持作品を表現するのはどうだろうか。たとえば『アイルランドの薔薇』は北アイルランド紛争、『月の扉』は新興宗教と、それぞれクローズドサークルを成立させるために独自の設定を使っている。他にも、深夜の図書館や、ロックされたトレーラーハウスなど、癖のある舞台設定の作品が多い。また、一党独裁のもうひとつの日本を舞台にした『この国。』や、六五〇万円で仕事を引き受ける殺し屋が日常の謎を解く「殺し屋」シリーズなどもある。とにかく癖玉の多い作家なのだ。だから帯の惹句を見ても、それほど驚くことはなかった。だが、一読驚嘆。本書は本当に〝飛びっきりの変化球〟だったのだ。

これに関連して、単行本のカバーイラストにも注目したい。今では漫画家がカバーイラストを担当した小説本は珍しくないが、それでも意表を突かれた。なんと内田美奈子が手掛けているのだ。SF漫画『赤々丸』で知られる漫画家だが、繊細で尖った若者たちを描いた、癖のある青春物も魅力的。サンコミック・ストロベリー・シリーズで出た『百万人の数学変格活用』『ナイフと封筒』『DAY IN, DAY OUT』など、面白く読んだものである。なるほど、石持浅海と内田美奈子は、癖のある作風が通じ合うのか。実際、見事な組み合わせというしかない。なお、担当編集者に聞いたところ、文庫カバーも内田美奈子とのこと。嬉しいことである。

少し話がズレた。そろそろ作品の内容に踏み込んでみよう。物語は、中国国境に近いベトナムの村から始まる。妊娠した犬に取りついた、不気味な寄生虫。その寄生虫を犬から引っ張り出す少女。裂かれた寄生虫の中にあった石のようなもの。いったいこれは何なんだと困惑しているうちに序章は終わり、舞台は現代の日本に移る。農林水産省消費・安全局動物衛生課家畜防疫対策室調査分析班の酒井《さかい》恭平《きょうへい》は、上司の江本《えもと》班長から、サトゥルヌス・リーチという寄生虫が日本に入ってくるかもしれないと知らされる。この事態を受けてアメリカのサトゥルヌス・リーチの専門家だというジャカランダ・マクアダムスが招聘された。帰国子女で英語の堪能な恭平はジャカランダの面倒を見るように頼まれたのである。だが成田空港で出迎えたジャカランダは、二十歳前後に見える東洋系の美女であった。しかもパートナーだというフィッシングキャット（スナドリネコ）のビオを連れている。スタンフォード大学の学生のジャカランダが、なぜサトゥルヌス・リーチの専門家として呼ばれたのだろうか。ジャカランダとビオは、近くにいれば寄生虫の存在が分かるというが、そんなことがあり得るのか。

さらに、寄生虫が体内にいる三人の宿主が、秋葉原に潜伏しているという。この情報は、どこからもたらされたのだろう。詳しいことは不明である。恭平にとっては、戸惑うことばかりである。それでも彼は、日本の役人らしく、少ない情報をもとに、現実的な行動を提案。ジャカランダたちと共に、秋葉原を歩き回り、宿主のひとりを発見する。だがそこで見たサトゥルヌス・リーチは、既存の寄生虫とはかけ離れた、あまりにも奇怪な存在であった。

本書の主人公は、ひとりは酒井恭平である。農林水産省の下っ端役人で、真面目な常識人だ。上から、経費は使い放題だといわれても、

「経費は使い放題ということでしたが、私が立て替えておいて、後で精算するということでしょうか」

と確認する。まさに典型的な役人、典型的な社会人、そして典型的な日本人である。だが、そこがいい。常識では測れない事態が連続するが、恭平は地に足を付けた思考で、果敢に行動する。火で焼くしかないというサトゥルヌス・リーチを始末する方法など、その典型といえるだろう。異常な仕事に真面目に取り組む恭平から、いつの間にか強い魅力が伝わってくるのである。

一方、もうひとりの主人公であるジャカランダ・マクアダムスは、最初から魅力的だ。若き美女が何者であるか、数奇な人生が明らかになり、序章の意味も判明する。最初の寄生虫を処分する場面で、平和な日本人である恭平とは、異質の思考の持ち主であることも露わになった。しかし彼女の本質も〝善〟である。だから恭平を理解することができた。生き方も考え方も違う男女が出会い、一緒に行動をするうちに、互いを理解していく様子が、気持ちのいい読みどころになっているのだ。

さらに、サトゥルヌス・リーチを処分する場面が、どんどん派手になっていくのも面白い。二匹目を処分する場面でもしかしたらと思ったが、三匹目でやってくれた。これは怪獣パニック物のノリではないか。日本が大混乱に陥りかねない状況に、恭平たちがいかに立ち向かったかは、読んでのお楽しみ。これ以上やると作品の方向性が変わってしまう、ギリギリのところまで作者は攻めている。怪獣ファンにも手に取ってほしい作品なのである。

ところで一連の騒動を引き起こしたのは何者で、どんな目的があるのか。この点について作者は、結構早い段階で、ある程度のことを明らかにしている。商社と製薬会社の一部の人間が組んで、寄生虫の体内にある石のような物質を手に入れようとしていたのだ。不老石と呼ばれるそれは、老化などについて劇的な効果があるらしい。上司から命じられて三人の宿主を匿っていた商社の社員も、事態に翻弄されることになる。上司に認められることしか考えていない、この社員もまた、典型的な日本の社会人といえるだろう。さらにその上司が、実に邪悪な日本人である。いささか先走って書いてしまうが、ラストでこの上司と恭平の交わす会話で、彼の邪悪さが露呈する。だが、目的のために部下たちを使い潰し、一方で自己保身は忘れない彼も、典型的な日本の社会人なのだ。

だから本書は、特殊な寄生虫を巡る騒動を通じて、日本人の善き部分と悪しき部分が、ぶつかり合う物語といえるのではないか。たしかに本書は〝飛びっきりの変化球〟だ。しかし、今の日本社会のリアルを、しっかりと踏まえている。『八月の魔法使い』や『カード・ウォッチャー』で、本格ミステリーとサラリーマン小説を合体させた、作者らしい作品ということができるのである。

しかも、ミステリーの趣向も盛り込まれている。途中で登場するある人物が、後に意外な形で騒動に絡んでくるのだ。これにより終盤のサスペンスが、大いに盛り上がる。サトウルヌス・リーチの情報を政府側に密告した人物の正体も、一捻りした展開で、サプライズを強めている。おまけにその展開が、ある人物の自分でも気づいていない差別意識を炙り出しているではないか。ミステリーとしての読みごたえも抜群なのだ。

なお、主な舞台になっている秋葉原が詳しく書かれているところも、本書の注目ポイントになっている。世界的な電気街だと思っていたジャカランダが、オタク街であることに気づく場面などが愉快だ。まさに二〇一九年の秋葉原が、ここにある。ただし二〇二二年現在、オタク街としての秋葉原も大きく変わろうとしているようだ。これから先、どのような街になっていくのか、よく分からないが、いつか本書の秋葉原の風景を、懐かしく思う日がくるかもしれない。時代を超えて読み継がれる本は、時に歴史の証人になる。本書も、そのような一冊になることだろう。

二〇一九年四月　光文社刊

光文社文庫

不《ふ》 老《ろう》 虫《ちゆう》

著 者 石《いし》 持《もち》 浅《あさ》 海《み》

2022年10月20日 初版1刷発行

発行者 鈴 木 広 和
印 刷 堀 内 印 刷
製 本 ナショナル製本

発行所 株式会社 光 文 社
〒112-8011 東京都文京区音羽1-16-6
電話 (03)5395-8149 編 集 部
8116 書籍販売部
8125 業 務 部

ISBN978-4-334-79433-0 Printed in Japan

組版 萩原印刷

光文社文庫　好評既刊

魔術師　江戸川乱歩
黄金仮面　江戸川乱歩
目羅博士の不思議な犯罪　江戸川乱歩
黒蜥蜴　江戸川乱歩
大暗室　江戸川乱歩
緑衣の鬼　江戸川乱歩
悪魔の紋章　江戸川乱歩
地獄の道化師　江戸川乱歩
新宝島　江戸川乱歩
三角館の恐怖　江戸川乱歩
化人幻戯　江戸川乱歩
月と手袋　江戸川乱歩
十字路　江戸川乱歩
堀越捜査一課長殿　江戸川乱歩
ふしぎな人　江戸川乱歩
ぺてん師と空気男　江戸川乱歩
怪人と少年探偵　江戸川乱歩

悪人志願　江戸川乱歩
鬼の言葉　江戸川乱歩
幻影城　江戸川乱歩
続・幻影城　江戸川乱歩
探偵小説四十年（上・下）　江戸川乱歩
わが夢と真実　江戸川乱歩
推理小説作法　江戸川乱歩　松本清張　共編
私にとって神とは　遠藤周作
眠れぬ夜に読む本　遠藤周作
死について考える　遠藤周作
地獄行きでもかまわない　大石圭
人でなしの恋。　大石圭
奴隷商人サラサ　大石圭
甘やかな牢獄　大石圭
殺人カルテ　大石圭
二十年目の桜疎水　大石直紀
京都一乗寺　美しい書店のある街で　大石直紀